PASIÓN INCONTROLABLE

OLIVIA GATES

Editado por Harlequin Ibérica.
Una división de HarperCollins Ibérica, S.A.
Núñez de Balboa, 56
28001 Madrid

I.S.B.N.: 978-84-687-6036-0
Depósito legal: M-7982-2015
Impresión en CPI (Barcelona)
Fecha impresion para Argentina: 7.12.15
Distribuidor exclusivo para España: LOGISTA
Distribuidor para México: CODIPLYRSA
Distribuidores para Argentina: Interior, DGP, S.A. Alvarado 2118.
Cap. Fed./Buenos Aires y Gran Buenos Aires, VACCARO HNOS.

Capítulo Uno

Jenan Ala Ghamdi sintió arcadas al observar cómo el hombre con el que iba a casarse se movía entre la multitud mientras lo felicitaban. Cada vez que lo miraba, o que pensaba en él, las náuseas se apoderaban de ella. No comprendía cómo todavía no había vomitado sobre él.

Lo único que la ayudaba a controlarse era la aversión que sentía ante la idea de volver al lugar donde se celebraba aquel compromiso no deseado. Le había costado más de una hora escapar de las hordas de invitados fisgones y refugiarse al fondo del enorme salón de baile. Había conseguido escabullirse gracias a que se había negado a llevar el atuendo que su prometido le había enviado. Él pretendía presumir de su riqueza recién adquirida haciendo que su adquisición fuera vestida con un traje recargado de adornos. Con la cantidad de joyas que él le había regalado, habría relucido con la misma potencia de diez bolas de discoteca. Vestida con un traje de noche de color negro, se fundió entre la oscuridad de los laterales del salón. Era una victoria minúscula.

¡Se estaba comprometiendo con Hassan Aal Ghaanem!

El hombre que resultaba ser el rey de Saraya y que dominaba Zafrana, un reino vecino en el desierto que era su tierra natal. No, ella no estaba comprometiéndose con él. Era parte de un trueque. De una venta. Esa noche era el principio del fin de su vida, y ella lo sabía. Lo que sucediera después de casarse con él, no se consideraría vida.

No obstante, aunque su destino era inevitable, se había negado a que hicieran la celebración en Saraya, y ni siquiera en Zafrana, así que cuando él aceptó que fuera en la ciudad de Nueva York, donde ella residía, sintió que había alcanzado otro pequeño triunfo.

Había vivido en esa ciudad durante los últimos doce años. Y dejaría de vivir en ella en cuanto comenzara a cumplir su condena como esposa de Hassan. Desde luego, no pensaba regresar a aquella región para pasar el resto de su vida ni un momento antes de lo estrictamente necesario. Había huido de allí, decidida a no regresar jamás, excepto para algunas visitas breves.

Si esa fiesta se hubiera celebrado en su tierra natal no habría tenido ninguna difusión, debido a las medidas de seguridad impuestas por la clase gobernante. Sin embargo, en el corazón de la ciudad de Nueva York, y en un hotel tan famoso como ese, la fiesta de compromiso aparecería en los medios de comunicación de todo el mundo.

Hassan, como rey de un lugar recientemente próspero, gracias a que el rey Mohab Aal Ghaanem de Jareer iba a darle a Saraya el treinta por ciento de la riqueza petrolífera de su reino, se había dedicado a despilfarrar después de haber pasado varios años conteniéndose debido a las finanzas limitadas del reino.

Así que allí estaban, en el salón del hotel Plaza. Apartó la mirada de los quinientos invitados que ocupaban el salón de baile y se fijó en sus manos desnudas. Se había negado a aceptar las valiosísimas joyas que pertenecían al tesoro real de Saraya.

–¿Estás segura de esto, Jen?

La voz de Zeena, su hermanastra pequeña, la hizo estremecer.

Se volvió para mirarla y esbozó una sonrisa.

–Lo estoy, Zee. Estoy segura de que la única solución al problema que tienen Zafrana y padre es que yo me case con ese viejo verde.

Y el problema no era algo reciente, sino uno que venía de tiempos atrás.

Había comenzado cuando su padre, Khalil Aal Ghamdi, había tenido que ocupar el trono de Zafrana después de que falleciera el rey Zayd, su primo segundo. Abocado a un puesto para el que no estaba dotado, el artista soñador no había sido capaz de convertirse en hombre de estado y se había dejado influenciar por malos consejeros.

A su regreso a Zafrana, después de graduarse en Economía y Empresariales en la Universidad Cornell, ella había constatado que la imprudencia de su padre había llevado al reino a un deterioro progresivo. Había intentado aconsejarlo, pero había chocado contra la tremenda oposición de su entorno. Solo le quedaban dos opciones: dedicar toda su vida a luchar o retirarse de la batalla y huir de esa región cuyo estilo de vida era tan distinto al suyo. Había elegido marcharse.

Y como resultado de su decisión, Zafrana estaba tremendamente endeudada con Saraya y Hassan estaba a punto de anexionar el reino mediante un matrimonio. Al parecer, según le había explicado su padre a ella, era la única manera de salvar Zafrana.

—No puedes casarte con él. ¡Es muy viejo!

Jen contestó con ironía:

—Sí, me he dado cuenta. Es difícil no hacerlo cuando tu prometido es más viejo que tu propio padre. Y soberanamente aburrido. Y pensar que cuando propusieron un matrimonio de estado me negué en rotundo a casarme con Najeeb.

—¡A lo mejor estás a tiempo de cambiar de idea! Sé que quieres a Najeeb como a un hermano, pero si tienes que casarte con alguien, al menos, él es buena persona. Y muy atractivo. ¡A lo mejor terminas queriéndolo de otro modo!

Jen miró a su hermana de diecisiete años y recordó por qué estaba haciendo aquello.

—¿Crees que no habría elegido esa posibilidad si todavía fuera posible? Najeeb se negaba a casarse conmigo solo para servir las ambiciones políticas de su padre. Y se marchó a una de esas misiones humanitarias en un lugar desconocido. Por eso, Hassan decidió que él sería quien se casaría conmigo.

–¿Ese hombre no tiene ni una pizca de decencia? ¡Es dos años mayor que nuestro padre!

–De hecho considera que hizo lo correcto al ofrecer primero a su hijo mayor y príncipe de la corona, y que puesto que ambos nos negamos a contraer matrimonio, tuvo que recurrir a esta opción. Te aseguro que cree que hace lo correcto.

Zeena parecía a punto de llorar.

–Si de veras tienes que hacerlo… –se estremeció– puede que no sea para mucho tiempo.

–¿Confías en que él muera pronto y me libre de mi condena? –negó con la cabeza al comprobar una vez más que su hermana era una ingenua–. Zee, cariño, sé que cualquier persona de más de cuarenta años es muy mayor para ti. Yo solo tengo treinta y cuando te sorprendes porque hago cosas que crees que solo están reservadas para los jóvenes, haces que me sienta vieja. Hassan es un hombre robusto de sesenta y cinco años, y espero que viva otros treinta años más.

Zeena comenzó a llorar y dijo con voz temblorosa:

–Al menos, dime que solo será para aparentar.

Jen suspiró, no sabía qué decirle a su hermana. Su padre había insinuado algo al respecto, pero ella sospechaba que era para no sentirse todavía más culpable por haberla entregado en matrimonio. Hassan ya controlaba todos los bienes y recursos de Zafrana, pero en su región importaba más la sangre que el dinero cuando se trataba de poder político. Aquel matrimonio debía dar un heredero, uno que también fuera el heredero del padre de ella, para que Hassan consiguiera todo el poder que deseaba tener sobre Zafrana. Tener un heredero permitiría que Hassan gobernara Zafrana mientras el padre de ella siguiera con vida, y cuando el padre muriera, Hassan sería el regente de Zafrana hasta que el heredero alcanzara la mayoría de edad. Hassan lo tenía todo controlado.

Zeena debió de ver la verdad en su mirada de resignación, porque las lágrimas le brotaban de los ojos cada vez más deprisa.

—Si lo que quiere es que saldemos las deudas, a lo mejor podemos encontrar otra persona que las pague. Por ejemplo los otros miembros de la realeza que hay en la región. Seguramente otros reyes como el rey Kamal y el rey Mohab nos ayudarán.

Jen negó con la cabeza, deseando que aquello terminara.

—He hablado en persona con todos los poderosos de la región, pero lo único que podían hacer Kamal, Mohab, Amjad y Rashid era intentar que Hassam les traspasara las deudas a ellos, y él se negó. Es todo lo que pueden hacer sin recurrir a medidas drásticas.

—¿Y por qué no emplean esas medidas? ¡Es un motivo importante!

—No es tan fácil como eso, Zee. Esas personas se comprometieron a no implicar a sus reinos en los problemas de otras naciones. Y desde que entra dinero gracias al petróleo, Hassan tiene importantes aliados extranjeros cuyos intereses se centran en

Saraya y que se retirarían si otros reinos aplicaran embargos o iniciaran conflictos mayores allí. Asimismo, los reyes tienen alianzas tribales con Saraya y eso hace que todo sea más complicado.

Jen era consciente de que todos los reyes deseaban acabar con Hassan, pero tenían las manos atadas. Estaban obligados a aceptar cualquier resolución pacífica, aunque desearan lo contrario. Dicha resolución pacífica eran ella y la deseada fertilidad de su vientre.

–¿Así que es cierto? –preguntó Zeena–. ¿No hay otra salida?

–No.

La respuesta provocó que Zeena se tambaleara y se lanzara a sus brazos sin parar de llorar.

A Jen también se le humedecieron los ojos. No había llorado desde que tenía siete años, tras la muerte de su madre. Zeena y Fayza la admiraban. Ella había sido su modelo a seguir. Ese era el motivo por el que Jen había aceptado aquel matrimonio: proteger el futuro de sus hermanas.

Le había dicho a Zeena que no había otra salida para evitar que se sintiera culpable. Por supuesto, si lo hubiera querido, habría encontrado otra salida: decirle a su padre y a Hassan que se negaba a casarse.

Ella había emigrado a los Estados Unidos para estudiar y encontrar su independencia, y así había dejado de seguir el desarrollo de Zafrana, hasta que la situación había llegado a deteriorarse al máximo. Si las tribus principales no encontraban una

solución pronto, y puesto que sus intereses estaban amenazados por la inminente toma del poder
por parte de Saraya, era posible que estallara una
guerra civil.

No podía permitir que sus hermanas se enfren-
taran a un futuro que no se habían buscado. Si
Hassan no conseguía casarse con ella, pediría la
mano de una de sus hermanas. Y su padre se vería
obligado a entregársela. Tenía que casarse con
aquel viejo y salvarlas. Y junto a ellas, al resto de la
familia y al reino.

Besó a Zeena en la frente y dijo:

—No te preocupes por mí, Zee. Me conoces. Soy
una superviviente, una vencedora, y encontraré la
manera de…

En ese momento, se le nubló la vista. Era como
si todo hubiese desaparecido, excepto un hombre.
El hombre más atractivo que había visto nunca.

—¿De qué?

Jen pestañeó como si acabara de salir de un
trance. Durante unos segundos no pudo recordar
dónde estaba, ni por qué estaba abrazada a Zeena
mientras su hermana la miraba.

Se fijó en el hombre que contemplaba el salón
de baile desde la puerta, era como si su presencia
anulara todo lo demás. Entonces, se movió y la
gente se apartó para dejarlo pasar.

—¿Quién es ese?

Zeena miraba al hombre boquiabierta. Todo el
mundo lo miraba como hipnotizado.

—No tengo ni idea.

–¿Quieres que vaya a averiguarlo?

Jen arqueó una ceja.

–¿Y cómo piensas hacer tal cosa?

–Me acercaré, me presentaré como la hermana de la novia y se lo preguntaré.

–Gracias, cariño, pero si te acercas a él es probable que te quedes sin habla.

Zeena miró a al hombre que cada vez estaba más cerca de ellas y suspiró:

–Sí, probablemente si me mirase me quedaría de piedra.

–Yo iré –dijo enderezando la espalda.

Buscó a Jameel Aal Hashem, su primo por parte de madre, y conocedor de todos los cotilleos sobre los famosos. Estaba segura de que aquel hombre misterioso no había escapado a su curiosidad.

Y tenía razón. Antes de preguntarle, Jameel le señaló al extraño y le contó quién era. Numair Al Aswad, conocido como la Pantera Negra del grupo empresarial Castillo Negro.

Al saber su nombre ya sabía más sobre él de lo que podía saber Jameel. Desde que se movía en el mundo empresarial había topado constantemente con la empresa que él había fundado y que dominaba el mercado en todos los campos que hacían girar al mundo.

Como socio principal, Numair era líder entre los más destacados hombres de ciencia, finanzas y tecnología que eran responsables del impresionante éxito de la multinacional Castillo Negro, y uno de los hombres más ricos y poderosos del planeta. Por si fuera poco, era el hombre más atractivo que jamás había pisado la Tierra.

Sin embargo, se sabía muy poco de su vida privada. Solamente que provenía de Damhoor, un reino de la misma región; que había emigrado a los Estados Unidos en su niñez; y que sus padres habían fallecido hacía mucho tiempo; por lo que ella sabía, nunca se había casado.

En un momento dado, cuando Jameel estaba diciendo maravillas de él, Numair se volvió y los miró fijamente. Sobre todo a ella. Su mirada chocó con la de Jen con la fuerza de un rayo.

Antes de que pudiera respirar de nuevo, algunas personas se cruzaron entre ellos, y ella aprovechó para murmurarle algo a Jameel y marcharse para no volver a cruzarse con Numair.

Estaba segura de que Numair no se había molestado en buscarla y regresó a su refugio. Quería seguir observando a Numair sin ser vista. La imagen de su magnífico atractivo era el único recuerdo que quería guardar de esa horrible noche.

Al llegar a su rincón se sobresaltó de nuevo. Tanto que tropezó y se le cayó el bolso, desperdigándose todo el contenido. Cuando se agachó a recogerlo, sintió que una sombra lo oscurecía todo. No necesitaba mirar para saber quién era. La implacable corriente eléctrica que sentía le bastaba para saberlo.

Numair.

A Jen el corazón le latía con fuerza. Él se agachó delante de ella, y al agarrar el bolso y recoger sus cosas, sus manos frías y callosas rozaron las de ella. Era como si le hubieran disparado otros mil voltios.

En el momento en el que Numair le devolvía el bolso, Jen alzó la vista y perdió el equilibrio. Sin embargo, él la asió fuerte y evitó que se cayera.

Al sentir el poder de su atractivo masculino, se estremeció. Era como un dios. Un dios forjado por el calor y la dureza del desierto. Quizás no había vivido mucho tiempo allí, pero su herencia estaba grabada en cada línea de su rostro. Todo él parecía haber sido esculpido por una fuerza divina. Llevaba un traje negro de seda que se adaptaba perfectamente a su cuerpo, revelando que era fuerte y musculoso. Todo un ejemplar de virilidad y masculinidad.

Cuando él se enderezó, Jen vio que era alto, mucho más que ella, y que su cabello era negro azabache, sus ojos verde esmeralda, la piel tersa y morena y los labios tremendamente sensuales. Resultaba impresionante.

Jen estuvo a punto de desmayarse cuando él le retiró un mechón de pelo de la cara.

–Detestas estar aquí –comentó él.

Sin casi darse cuenta ella le contestó:

–Sí.

–Esto –dijo con desdén–, no merece ni tu tolerancia ni tu presencia.

–A veces los motivos para soportar algo son más importantes que nuestras preferencias, o que la valía que consideramos que tenemos.

–Nada es más importante que tus preferencias. Y tu valía no es una cuestión de opinión. Solo lo mejor es suficientemente bueno para ti. Lo único que debes esperar y obtener.

–Uy, gracias… En realidad no sabes nada de mí. Y es evidente que no tienes ni idea de quién soy.

–En el momento en que te vi, supe todo lo que tengo que saber de ti. Y tu identidad no tiene nada que ver con lo que realmente eres ni con lo que mereces.

–Créeme que sí tiene que ver.

–¿Porque eres Jenan Aal Ghamdi y se supone que ésta es tu fiesta de compromiso?

Él sabía quién era ella. Y no parecía importarle.

–Para mí es irrelevante. Y debería serlo para ti también. No quieres estar aquí, pero quieres estar conmigo.

–¿Ah, sí?

–Sí. Tanto como yo deseo estar contigo –dijo con arrogancia–. Permite que te libere de esta farsa. Soy el único que puede darte todo lo que necesitas.

Ella lo miró boquiabierta. ¿Estaría tan traumatizada por la idea de casarse con Hassan que estaba teniendo una alucinación?

Era real. La había seguido hasta allí, y le estaba ofreciendo… ofreciendo…

No sabía exactamente qué era lo que le estaba ofreciendo, pero cualquier cosa que él dijera sonaba mejor que cualquier fantasía de las que había tenido jamás.

De repente sintió un impulso. Era precipitado, probablemente una locura, pero era lo único que se le ocurría.

Aquel hombre era incluso más poderoso que los monarcas a los que había pedido ayuda. Su poder no estaba condicionado por ataduras tribales ni políticas, y era más que suficiente para resolver la crisis de Zafrana sin que ella tuviera que sacrificarse y aceptar un matrimonio forzado. Por supuesto, un hombre como él no iba a ayudarla por su buen corazón.

Tenía la sensación de que carecía de él.

Sin embargo, si estaba interesado en ella tal y como parecía, podrían llegar a un entendimiento.

Aunque no pensaba que él tuviera tanto interés en ella, seguramente podría ayudarla en algo. Como mujer de negocios ella estaba acostumbrada a correr riesgos. Lo peor que podía suceder era que él no aceptara y se fuera. Pero la apuesta era tan alta y él tan tentador que decidió arriesgarse.

Antes de pensarlo dos veces, dijo en voz alta.

—Hay algo que sí necesito.

—Lo que sea.

—Necesito que me libres de casarme con Hassan.

Capítulo Dos

–Eso está hecho.

Al oír su respuesta, Jenan Aal Ghamdi se ruborizó. Numair se quedó sobrecogido ante el fuerte deseo de acariciarla que lo invadió. Quería estrecharla entre sus brazos y saborear y devorar sus labios.

Conocía todo acerca de ella, desde el momento en que nació hasta el momento antes de verla. Había reunido un informe sobre ella más amplio de lo que habría hecho nunca para un asunto de trabajo.

Nada más entrar en el salón de baile había notado algo extraño, y pensó que se debía a la necesidad de llevar a cabo su misión, sin embargo, enseguida se dio cuenta de que no era algo interno, sino la respuesta a la presencia de otra persona. Una mujer. De pronto, se encontró mirándola a los ojos. Su corazón, que nunca se aceleraba en condiciones extremas, comenzó a latir con fuerza.

Y cuando sus miradas se encontraron, algo se movió en su interior. Incredulidad, asombro, entusiasmo y muchas otras cosas. La mujer que tenía esa inexplicable influencia sobre él era el objetivo de su misión.

La deseaba.

Y ella le había facilitado llevar a cabo su objetivo: impedir su matrimonio con Hassan Aal Ghaanem. No era así como lo había planeado. Su intención era manejarla poco a poco para conseguir estropear los planes de matrimonio de Hassan, seduciendo a su futura.

No obstante, no podía echarse atrás. No después de la mirada de esperanza con que ella le había hecho su súplica.

La observó un instante y todo su cuerpo reaccionó, imaginando que calmaba con sus labios las inquietudes de ella.

Con su voz aterciopelada, ella le preguntó con incredulidad:

—¿Lo que sea?

Era el momento de matizar su oferta y reconducirlo todo, pero no podía ni pensar en interrumpir el desarrollo imprevisto de los acontecimientos.

—Dije que haría lo que fuera por ti, y pienso hacerlo.

Lo más extraño era que hablaba en serio. Todo había empezado porque creía que ella había aceptado casarse con Hassan para poder acceder a su inacabable riqueza, fruto del petróleo. El hecho de que se hubiera negado a casarse con Najeeb y aceptara casarse con el padre le hacía pensar que había preferido al hombre mayor porque sería menos exigente y más fácil de manipular.

Sin embargo, con solo mirarla supo que la idea

de casarse con Hassan le resultaba aborrecible. Desconocía cómo se había visto forzada a contraer ese matrimonio, pero no dudaba de que estuviera rabiosa al no tener elección. Una elección que él podía brindarle.

—Una cosa son las intenciones y otra los hechos —repuso ella.

—Para mí, no. Hago todo lo que me propongo.

—Pero seguro que no cualquier cosa.

Él se encogió de hombros.

—Puedo hacer todo lo que me proponga. Siempre lo he hecho y siempre lo haré.

Ella negó con la cabeza y puso una mueca.

—¿Sabes qué? Creo que eres capaz. El universo se inclina ante ti para complacerte —lo miró muy seria.

Él deseó acelerar el tiempo hasta el momento en que ella lo mirara ardiente de pasión mientras él la llevaba al éxtasis.

—¿Y no quieres saber de qué trata todo esto antes de comprometerte?

Él se encogió de hombros otra vez.

—Lo único que necesito saber es que me has pedido ayuda para escapar de un destino que significa algo peor que la muerte para ti. Haré lo que sea necesario.

—Tendrás que conocer los detalles para poder decidir lo que hay que hacer.

Y él cedió ante su deseo. Le agarró el rostro entre las manos y percibió la potente química que había entre ellos.

—Puedes contarme todo lo que quieras… En mi suite —le dijo, conteniéndose para no besarla en ese mismo instante.

Le acarició el cuello y el hombro, antes de agarrarla del brazo para guiarla hasta las puertas de la terraza.

—¿Sabes quién soy? —le preguntó con el ceño fruncido al ver que ella no reaccionaba.

Ella asintió en silencio y continuó mirándolo con asombro.

—¿No estás segura de que puedes confiar en mí?

Ella negó con la cabeza y cerró los ojos con fuerza. Cuando los abrió de nuevo, se tambaleó una pizca.

—¿Estás bien? —preguntó él con nerviosismo.

Ella asintió una vez más y se quejó:

—Cielos, no hago más que asentir y negar con la cabeza como si no supiera hablar.

Él la miró y retiró la mano.

—A lo mejor ya no quieres hablar más conmigo.

—Bromeas, ¿verdad?

—Tú dirás. Es evidente que te pongo nerviosa.

—Sí, pero no tiene nada que ver con que no confíe en ti. Sí lo hago.

—No tienes que decir lo que no sientes para complacerme o ser amable conmigo. No tienes motivos para confiar en mí. Todavía. Sin embargo, te daré todas las pruebas que necesites para que puedas sentirte segura conmigo.

Jen soltó una risita.

—Tienes mucho que aprender sobre mí. Cuando no desempeño mi papel profesional como consultora de negocios multinacional, ofrezco primero mis verdaderas opiniones y después no me molesto en hacer preguntas.

—No aceptaré nada más que toda la verdad.

—Bueno, pues has dado con la persona adecuada.

—Cuento con ello. Tampoco tolero la falsa etiqueta ni que se anden con rodeos.

—Me he dado cuenta. Dices las cosas tal y como son, sin miramientos. Bienvenido al club —sonrió ella, provocando que él se preguntara cómo era posible que no estuviera besándola mientras la acorralaba contra una columna—. Confío en ti. Sé que nunca me harás daño. Y no me preguntes cómo lo sé. No tiene que ver con nada de lo que sé de ti. Lo sé sin más.

—Entonces, ¿por qué te alarmaste cuando te propuse ir a mi suite si no se te ocurrió que pudiera aprovecharme de ti?

—Como si eso pudiera suceder. Me apuesto a que estás rodeado de mujeres que te imploran que te aproveches de ellas.

—Tú no eres una mujer cualquiera. Eres tú.

—Aunque me consideres diferente…

—Diferente, no. Única.

Jen se sonrojó al oír sus palabras.

—Aunque me consideres eso, no puedo imaginar que tengas las mismas flaquezas de otros hombres. Nunca te aprovecharías de alguien más débil.

—Sin embargo… Noté tu nerviosismo.

Ella inclinó la cabeza hacia él y dijo:

–Sabes que eres el hombre más sobrecogedor de la Tierra ¿verdad? Y por si eso no fuera suficiente, hemos roto todas las normas de relaciones personales. ¡Incluso hemos hablado de estropear los planes de boda! Perdona si me he puesto nerviosa.

–Las normas no me interesan. Incluso antes de verte, ya me habías afectado más que nadie.

–No digas lo que no piensas para tratar de adularme.

–Hablo en serio. Tienes derecho a no creerme –ella se rio y él tuvo que contenerse para no acariciarla otra vez–. ¿Así que te sorprendiste cuando te pedí que vinieras a mi suite?

–Sí, necesité unos instantes para asimilar tus palabras. Y para respirar.

En esos momentos, a Numair le sucedió otra cosa sin precedentes. Una mezcla de emociones irreconocibles lo hizo sonreír de placer, indulgencia y ternura. No pudo evitar que su cuerpo reaccionara.

–Deberían prohibirte hacer eso. Una sonrisa como esa puede provocar daños generalizados.

Él sonrió de nuevo.

–No tengo sonrisas así para nadie más. Es exclusivamente para ti. ¿Vienes conmigo?

Ella asintió y lo miro con timidez.

–Pero prométeme que me darás la oportunidad de tomar aliento de vez en cuando.

–Aunque es lo último que deseo, te daré todo el tiempo que necesites.

Incapaz de esperar más tiempo, la guio hasta el exterior.

Jen se esforzó en mantener el paso acelerado de Numair y permitió que él la abrazara durante el trayecto hasta el ascensor. Una vez allí, él notó que ella se ponía tensa otra vez.

–¿Preocupada?

Ella sonrió y negó con la cabeza.

–Nunca supondrás una amenaza para mí, jeque Numair. Si hay algo que me preocupa, es la potente tentación que supones.

Él sintió un nudo en el estómago al oír que lo llamaba jeque. Sonaba tan bien.

–Es justo, puesto que tú eres lo mismo para mí. Y más.

Sonriendo, y sintiéndose como si tuviera a su alcance todo lo que siempre había deseado en su vida, la metió en el ascensor.

Mientras Numair le sujetaba la puerta para que pasara, Jen pasó a su lado con piernas temblorosas.

Tratando de pensar en otra cosa que no fuera su aroma y el calor que desprendía de su cuerpo, miró a su alrededor.

Aunque anteriormente se había alojado en el hotel Plaza, nunca había estado en ese tipo de habitación. La Royal Plaza Suite era comparable con una de las habitaciones del palacio de Zafrana.

Su mano le quemaba la cintura a través de la tela del vestido mientras la guiaba hasta un enorme espacio donde había una mesa de comedor para diez personas y un lujoso salón.

Separándose de su lado, ella buscó refugio junto a un gran piano en una esquina.

Numair había admitido que se sentía atraído por ella, pero ¿consideraría que tenía derecho a seguir sus instintos? Ella confiaba en que él no hiciera ningún movimiento que ella no aprobara, pero no estaba segura de si su visión de todo el asunto sería parecida a la de ella.

—¿Has venido a Nueva York para asistir a la fiesta? —preguntó ella, tratando de emplear un tono neutral.

—No, no me han invitado —dijo él, con brillo en la mirada.

—¿Te enteraste de que la familia real de tu región iba a celebrar un compromiso en tu hotel y decidiste venir a investigar?

—Algo así.

Ella tuvo que conformarse con la respuesta porque él no parecía dispuesto a más. Daba igual por qué estuviera allí. Lo que importaba era si podía ayudarla de verdad.

Antes de que ella pudiera reintroducir el tema, él se acercó rodeando el piano.

—He notado que desde que entramos en la suite ha bajado mucho la temperatura. Después de todo, ¿te lo estás pensando mejor? —le agarró la mano y se la acarició.

—Supongo que me he vuelto un poco paranoica.

Él frunció el ceño.

—¿Te preocupaba que hiciera algo que pudiera ofenderte cuando entráramos aquí?

—No, no es eso. Me preocupaba que cambiara tu manera de comportarte.

—¿Como suelen hacer los hombres cuando creen que han conseguido su objetivo y ya no necesitan ocultar su verdadera naturaleza y sus principios de doble moral?

Al fijarse en cómo apretaba los labios, Jen supo que si esa clase de hombre se cruzaba en su camino, se arrepentiría de por vida. Era protector y castigador.

—Los hombres son así en cierta medida, pero sobre todo los de mi región.

—¿Allí son todos machistas?

—La doble moral es algo habitual, y casi más entre las mujeres que entre los hombres. Cualquier persona, sobre todo una mujer, que se atreva a desobedecer las normas y restricciones culturales, será estigmatizada, por muy modernos que todos aparenten ser.

—¿Y por qué temías que yo pudiera ser como ellos? Nací en tu región, pero no me crie allí.

—El adoctrinamiento se produce a una edad muy temprana. Hace falta una familia muy progresista y madres muy especiales para que no inculquen a sus hijos lo peor de la cultura. Por lo general, los hombres son educados para que tengan una opinión muy cruel de las mujeres a las que consideran de vida alegre.

–¿Y crees que mi aprendizaje temprano saldría a la superficie y que te juzgaría por haber venido aquí conmigo?

–Fue un pensamiento pasajero, ¿de acuerdo? Una reacción provocada por creencias arraigadas que no tienen nada que ver contigo.

–En tu caso no es producto de creencias arraigadas, sino de tu experiencia personal, ¿no es así?

–¿Cuántas cosas sabes de mí? Es evidente que me has investigado antes de aparecer en la fiesta.

Él la llevó hasta el sofá más cercano para que se sentara y se acomodó a su lado.

–Las investigaciones solo ofrecen una idea general que puede interpretarse de diferentes maneras y que puede ser completamente errónea. Tú me dirás lo que es más aproximado.

Ella se estremeció y se recostó sobre el sofá de terciopelo negro.

–En mi región soy la pura imagen de una mujer de vida alegre. Por haber abandonado a mi familia a los dieciocho años para irme a vivir a otro país, por mantenerme económicamente desde entonces, por convertir el éxito y la independencia en mi objetivo de vida, por ser una divorciada que no ha regresado a casa arrepentida, buscando cobijo en la familia y el perdón de la sociedad. Soy la protagonista de las historias admonitorias que las madres cuentan a sus hijas. Todo lo malo que me ocurra en la vida se anunciará como castigo por mis pecados.

–Todo lo que acabas de mencionar, tus logros y

tu persona, hacen que seas emprendedora y poderosa, un papel femenino que todas las mujeres del mundo deberían imitar −comentó él muy serio.

Ella soltó una carcajada de incredulidad.

−Es divertido oírte decir lo que siempre me dicen mis hermanas pequeñas. Claro que ellas son incapaces de ser imparciales respecto a mí.

−Yo soy completamente parcial cuando se trata de ti. Y resulta que también tengo toda la razón.

Ella tuvo que contenerse para no lanzarse a sus brazos y cubrirle el torso de besos. Algo que posiblemente terminaría haciendo muy pronto. Su presencia estaba mermando el poco control que le quedaba.

Numair la miró fijamente y añadió:

−Tus hermanas son muy astutas por convertirte en su modelo. Eres el modelo perfecto.

−No exageres, ¿de acuerdo? Me moriría si siguieran alguno de mis pasos.

−¿Por qué? ¿No estás orgullosa de tus logros?

−De los logros sí, pero no de mis errores.

−¿Y qué errores son esos? ¿Un corto matrimonio que fracasó? ¿Crees que eso te descalifica como modelo a seguir?

−Las elecciones desastrosas sí que lo hacen. Cometí más de una durante mi búsqueda de independencia y libertad. Como casarme con el primer hombre que parecía diferente a los machistas a los que estaba acostumbrada y descubrir que también tenía rasgos de personalidad inaceptables, solo que de otro tipo. La cosa es que aunque lo mereciera o no, he sido el modelo de mis hermanas, y he luchado por ocupar el puesto. Lo que más me duele de estar obligada a casarme con Hassan es que no podré seguir siendo un modelo para ellas.

—Siempre serás la mujer que tus hermanas aspiran ser —se inclinó hacia ella y continuó—. Ahora, cuéntame exactamente cómo te está obligando Hassan a contraer matrimonio. No te olvides ni de un solo detalle.

Ella respiró hondo y comenzó a explicárselo todo.

Él la escuchó atentamente y, una vez que terminó, permaneció en silencio hasta que vio que ella comenzaba a temblar.

—Sabía lo de las deudas, pero no sabía que la situación era tan grave, ni que la situación interna de Zafrana fuera tan inestable.

—Mi padre no me habría pedido que hiciera algo así si no fuera tan grave.

—No hay nada que merezca tanto la pena como para tener que sacrificarte. Debería haberse sacrificado él.

—Lo habría hecho si así hubiese podido solucionar el problema.

—Debería haber tenido en cuenta cualquier posibilidad, excepto la de entregarte a ese viejo verde.

Ella soltó una carcajada:

—Eso mismo dije yo cuando hablé con Zeena sobre él —al ver que él no decía nada, preguntó—. ¿Qué habrías hecho tú?

–No quieras saberlo.

Ella se quedó boquiabierta. Aquel hombre estaba acostumbrado a deshacerse de sus enemigos.

Antes de que ella pudiera imaginar el desastre que podría haber sucedido si le hubiera pedido que interviniera, le preguntó:

–Necesito los datos concretos de esas deudas.

–Por supuesto. Necesitas conocer todos los datos antes de decidir si puedes ayudarme, o si quieres hacerlo.

Él la reprendió con la mirada.

–Esos detalles no tienen peso sobre mi decisión. Desde el momento en que te di mi palabra, la decisión era definitiva. Solo los necesito para trazar el plan de ataque más efectivo.

–¿Ataque?

Sus ojos de color esmeralda se volvieron de hielo.

–Para liberar Zafrana de Saraya habrá que tomar medidas extremas.

–Define extremas.

–Eliminar el problema desde la base.

–¿Y cómo lo harías?

–Eso es asunto mío.

–Y también mío. Soy yo la que te ha pedido esto, y si vas a hacer algo que pueda hacer daño a Hassan, tendré que retirar mi petición.

–¿Te importa lo que le suceda a él?

–No, pero no quiero que le llegue el final de forma no natural. Por Saraya. Por Najeeb. Por mantener la paz.

–La paz siempre se consigue después de una guerra. Y una guerra siempre conlleva pérdidas.

–No quiero la libertad si hay que pagar ese precio.

–Crees que lo mataría ¿no es así?

–Hablabas como si fuera así.

–Su muerte puede organizarse fácilmente –sonrió–, pero resulta que no estoy pensando en liquidarlo. Solo en liquidar el control que tiene sobre Zafrana, y con él, la mayor parte de sus bienes.

Ella lo miró fijamente hasta que se convenció de que decía la verdad.

–Por un momento pensé que acababa de firmar la sentencia de muerte de Hassan.

–Es la solución más acertada, pero no permitiría que se librara tan fácilmente. Sus actos merecen ser castigados antes de que yo pueda siquiera considerar el indulto.

–¡Sigues hablando como si fueras a acabar con él!

Cuando él se encogió de hombros, ella se incorporó y lanzó los brazos al aire.

–*Ya Ullah*… No puedo creer que estemos aquí hablando sobre los pros y los contras de asesinar a Hassan.

–Acabar con él o no hacerlo, esa es la cuestión.

–¿Y qué piensas hacer en realidad?

–¿Qué parte de las de «es asunto mío» no comprendes? Tú me has hecho la petición, pues ahora siéntate mientras yo me ocupo a mi manera.

–Los pedigüeños no podemos elegir ¿no?

–Nunca serás otra cosa aparte de lo que eres, una princesa cuyos deseos han de satisfacerse.

–Si mi petición es tan importante para ti, prométeme que no se te irá de las manos. Haz lo necesario para liberarme y, si es posible, para que Zafrana pueda recuperar su independencia económica. No quiero que mi padre o Zafrana sufran las consecuencias. Ni tampoco Saraya.

Él inclinó la cabeza.

–Prometo que será algo limpio. La región no sufrirá ningún daño. Lo haré por ti.

–De veras vas a hacerlo –ella negó con la cabeza–. Guau… Dame unos instantes para asimilarlo.

–Tómate el tiempo que necesites –le agarró un mechón de pelo y se lo acarició–, pero ya puedes empezar a celebrar que has recuperado la libertad.

Al notar que las lágrimas inundaban su mirada, Jen apretó los ojos con fuerza.

–Debo disculparme –dijo después.

–¿Por qué?

–Por lo que pensé cuando se me ocurrió pedirte esto.

–¿Qué pensaste?

–Que nunca harías nada por pura bondad. Que no tenías corazón.

–Y tenías razón. No lo tengo. Pero quiero algo a cambio. Un heredero.

Capítulo Tres

–Un heredero.

Jen oyó sus palabras, pero con la sensación de que era otra persona la que hablaba.

Numair la miraba fijamente, como si tratara de hipnotizarla para que dijera lo que él quería que dijera.

–¿Un heredero? –preguntó ella.

Él inclinó la cabeza y contestó:

–Sí. Me darás un heredero.

Jen sintió que la habitación comenzaba a girar y apoyó la cabeza en el sofá para evitarlo.

–No es una broma, ¿verdad?

–Nunca he hablado más en serio.

Sintiéndose atrapada, comenzó a sentir náuseas.

–¿Por qué haces esto?

Como respuesta, él se acercó más a ella.

–¿El qué? –susurró él.

Al notar su cálida respiración sobre el rostro y percibir su aroma masculino, Jen trató de separarse de Numair, pero él la tenía rodeada con un brazo de forma que tuviera que mirarlo.

–¿Ser sincero respecto a lo que quiero? Pensé que apreciabas la sinceridad.

–¿Cuándo decidiste que lo querías? –susurró

ella–. No se te ha podido ocurrir en el momento en que yo te pedí que me ayudaras –negó con la cabeza y sintió que todo comenzaba a dar vueltas de nuevo–. Supuse que tendrías un precio, pero nunca imaginé que pudiera ser algo así.

–¿Qué pensabas que podría ser? ¿Tú?

Jen no se atrevió a reconocer que se le había ocurrido dicha posibilidad. Había pensado que él querría tener una aventura corta con ella, quizá solo durante el tiempo que estuviera en Nueva York. Para ella habría sido un premio estar con el único hombre que le había cortado la respiración nada más verlo. En cualquier otra circunstancia, habría dado cualquier cosa por estar con él, aunque fuera durante un corto espacio de tiempo. Tener una relación con él y recuperar la libertad habría sido la mayor oportunidad de su vida.

Sin embargo, era evidente que había malinterpretado la situación.

Aquello era incomprensible.

Él le apoyó un dedo bajo la barbilla y le levantó una pizca el rostro para que lo mirara.

–Nunca negocio para obtener favores sexuales y, desde luego, nunca me aprovecharía de una mujer que necesitara ayuda.

Al oír sus palabras, ella se sintió idiota por haber pensado tal cosa. Numair era un hombre que podía disfrutar con cualquiera de las mujeres más bellas del mundo.

–Además –continuó él–, nunca he soportado las aventuras amorosas, pero tampoco he deseado tener algo más serio. Mi vida giraba en torno al trabajo y a amasar una fortuna. Es lo único que he deseado desde que tengo memoria. Sin embargo, hace poco, todo cambió.

–¿Qué ocurrió? –inquirió ella.

–Cumplí cuarenta años, y eso provocó que sintiera que tenía que reorganizar mis prioridades y ajustar mi camino. Nunca me había preocupado no tener familia ni a nadie a quien dejar mi legado. Ahora me preocupa.

Ella lo miró boquiabierta. Era lo último que esperaba oír. Nunca había imaginado que una persona como él pudiera sufrir la crisis de los cuarenta.

–Así que de pronto sientes la necesidad de perpetuar tus genes. Si manifestaras tu deseo públicamente, montones de mujeres se pelearían por tener la oportunidad de darte un heredero.

–He manifestado mi deseo a la única mujer que considero apta para hacerlo.

–¿Y por qué yo?

–Utilizando tus palabras de antes: no es broma ¿verdad?

–Empleando las tuyas: nunca he hablado más en serio.

Él la sujetó por la barbilla.

–¿Cómo es posible? Estás aquí conmigo… –la estrechó contra su cuerpo–, entre mis brazos, una hora después de habernos conocido. En otras circunstancias, habrías caído en mis brazos al cabo de unos minutos. La atracción que sentimos el uno por el otro nos ha incendiado desde el momento en que entré en el salón de baile.

—Puedo comprender que todo esto haga que desees llevarme a la cama...

Él la interrumpió.

—¿Y te habría parecido un precio justo a cambio de mis servicios?

—Tus servicios habrían sido algo circunstancial, puesto que me habría acostado contigo de todas maneras, si tú hubieses querido.

Al oír sus palabras, Numair la miró con brillo triunfal en los ojos. Era extraño, ¿no sabía que cualquier mujer se arrodillaría ante él si se lo permitiera?

Era evidente que sus palabras no solo lo habían complacido, sino que también habían avivado su deseo. Jen notó su miembro erecto presionado contra la pierna y experimentó un vacío que solo había notado desde que él la acarició.

Quería abrazarlo y decirle que se olvidaran de todo, de que ella necesitaba su ayuda y de que él deseaba un heredero, y que se centraran en saciar el deseo que los invadía.

Sin embargo, le dijo:

—Como te decía, aunque quieras tenerme a tu lado, no significa que me consideres adecuada para ser la madre de tu heredero. Por mi experiencia con los ricos y poderosos, el deseo sexual ni siquiera figura entre los requisitos a la hora de elegir con quién se va a procrear. Estoy segura de que un hombre como tú tiene unos criterios muy estrictos para elegir una mujer, y que hay otras mujeres que son mejores candidatas que yo.

–Puede que yo sea rico y poderoso, pero ya te he dicho que no me importan las normas de otros. Yo creo y sigo las mías –le acarició la espalda y el trasero mientras la miraba de forma sensual–, pero sí tengo criterios muy estrictos acerca de la madre de mi heredero. Por eso solo te quiero a ti.

–¿Por qué? ¿Cumplo mejor dichos criterios que otras mujeres?

–Cumples todos y cada uno de ellos, y otros que ni siquiera consideraba antes de conocerte –le acarició la mejilla y la devoró con la mirada–. Quiero que mi heredero nazca de una mujer perfecta.

–Creo que estás muy equivocado. No tengo nada de perfecta.

Él le acarició el cabello.

–Para mí eres perfecta. Igual que yo, con mis fallos evidentes, soy perfecto para ti.

–¿Qué fallos evidentes? Eres perfecto, y lo serías para cualquiera.

–¿De veras? Eso es nuevo para mí, puesto que tanto los aliados como los rivales me consideran un monstruo –antes de que ella pudiera quejarse, continuó–: Por tus conocimientos acerca del mundo de los negocios, sabrás cuánto me costó conseguir y mantener mi posición actual. Sabes que debo ser despiadado y que no me importa nada lo que el mundo piense de mí. Por lo que hemos hablado hasta el momento, te habrás dado cuenta de que soy peligroso, incluso mortal, y de que puedo destrozar a cualquiera que yo considere que lo merece, o incluso matarlos.

Ella lo miró. Numair había puesto en palabras todo lo que había percibido de él. Todo lo que hacía que le resultara perfecto. Asintió despacio y dijo:

—Instintivamente, sé que eres así.

—Todo ello hace que sea lo contrario a perfecto para cualquiera. Excepto para mis socios, soy alguien temible, o al menos, alguien con quien es mejor evitar el conflicto, tanto con el fin de obtener mi ayuda como para no sufrir ciertos peligros. En cuanto a las mujeres que me persiguen, la mayoría se arriesgan por mi riqueza y poder, y algunas por la fantasías de intentar domar al depredador más peligroso que existe. No obstante, todas me temen y ninguna confía en mí —la abrazó de forma posesiva—. Tú eres la única que me ha visto tal y como soy, con mis garras y colmillos, y en lugar de salir huyendo, te has sentido atraída por mí.

Ella asintió. Era como si él pudiera leerle la mente.

—Dejé atrás la ingenuidad y el idealismo cuando cumplí los siete años, después de haberme criado en el despiadado mundo de la política y los negocios de alto nivel. Desde entonces aprendí que los mejores hombres necesitan tener un monstruo en su interior para ser lo suficientemente despiadados y poder tomar decisiones difíciles, astutos como para vencer al diablo, fuertes para aplicar cambios drásticos y resistentes para sobrevivir a una guerra y hacer todo el bien posible en este mundo de locos.

A Numair se le oscurecían los ojos con cada una de sus palabras. Ella se sentía como si estuviera observando a una pantera momentos antes de saltar sobre su presa. Y no podía esperar a que lo hiciera. Incluso sabiendo que a lo mejor no sobrevivía a su ferocidad.

Entonces, sucedió. Él la agarró y la colocó a horcajadas sobre su cuerpo. Al sentir su erección contra la entrepierna, Jen estuvo a punto de desmayarse de excitación. Numair la besó en el cuello y ella echó la cabeza hacia atrás, rindiéndose ante el placer.

—Sabes mejor de lo que me imaginaba; Jenan…

Al oír su nombre ella se sobresaltó. Nunca le había gustado que la llamaran por su nombre completo, sin embargo, al oírlo salir de su boca se excitó aún más.

—Numair… —susurró. Necesitaba sentir su boca y sus manos en el cuerpo, su fuerza en su interior.

Al oír que susurraba su nombre, él se excitó también. La giró con un solo movimiento y la colocó bajo su cuerpo en el sofá. Jen solo era consciente del inmenso deseo que se apoderaba de ella. Le colocó las piernas alrededor de las caderas a Numair y, a través de la ropa, notó su miembro erecto en la entrada de su cuerpo. Arqueó la espalda para acomodarlo y gimió.

—Jenan —la besó en los labios e introdujo la lengua en su boca, volviéndola loca de placer.

Numair notó una fuerte tensión en la entrepierna. Ella se agarró a sus brazos, como suplicándole que no se detuviera y que terminara de rellenar el inmenso vacío que había en su interior.

De pronto, algo vibró contra el muslo de Jen, provocando que él se incorporara y blasfemara antes de separarse de ella. Jen se quejó y él la miró como diciéndole que se sentía de la misma manera que ella; loco a causa del deseo y la frustración.

Sacó su teléfono y dijo un par de frases antes de finalizar la llamada. Jen pudo comprender que se trataba de uno de sus socios de Castillo Negro. Suponía que el hecho de que fuera uno de ellos era lo único que justificaría que Numair hubiera interrumpido su primer beso.

Al pensar en ello, soltó una risita. Su primer beso apasionado.

–Me alegro de que uno de nosotros no esté agonizando y todavía puedas reírte –comentó Numair.

–No me estoy riendo…

–¿Te importaría compartir el motivo de tu alegría? Me vendría bien algo para calmar el deseo de asesinar a Antonio por habernos interrumpido. O para saltar sobre ti y terminar lo que había empezado.

A pesar de que deseaba decirle que lo hiciera, se acordó de que habían dejado a medias una conversación importante. Y que no habían encontrado una solución. Quizá ni siquiera la tuviera.

Ella se sentó en el sofá y, antes de que pudiera retomar el tema Numair la sentó en su regazo.

La besó en los labios de forma apasionada y se retiró, mirándola fijamente.

–¿Todavía tienes dudas acerca de por qué te he elegido? –acercó la mano de Je a sus labios y se la mordisqueó–. No quiero que mi heredero nazca de la mujer perfecta, sino del placer perfecto. Y lo que hay entre nosotros es pura perfección. La manera en que nos hacemos sentir el uno al otro es mágica. Y no aceptaré nada más. No tendré nada más.

Jen no podía discutirlo. Era mágico. Al menos para ella. Y si Numair decía que también para él, debía creerlo. No tenía motivos para mentir ni para exagerar.

Casi todos los hombres tenían motivos para hacerlo. Pensaban que todos los reinos del desierto eran ricos gracias al petróleo, y no la creían cuando decía que Zafrana no lo era. Había conocido a muchos impostores tratando de ganarse a la princesa rica que pensaban que era. Su ex había sido uno de ellos.

Sin embargo, Numair era mucho más rico y poderoso que todo el reino de Zafrana, así que podía creer lo que él decía.

Aunque lo había estropeado todo con eso del heredero.

Le estaba besando los dedos uno a uno, provocándole tanto placer que no era capaz de detenerlo, pero debía manifestarle lo absurda que le parecía su petición.

–Numair… te deseo locamente –él la abrazó

con más fuerza contra su miembro erecto y ella gimió–, pero por mucho que te desee, no puedo dejarme llevar por el deseo cuando sé que tu único motivo para acostarte conmigo es tener un hijo.

–No es mi único motivo. Sería el producto de mi único motivo. El placer. Algo que te daré y recibiré tan a menudo como puedas soportarlo.

Jen se retorció en su regazo, provocando que empeorara la situación.

–¿Y si resulta que nos llevamos una decepción? ¿Y si resulta que somos incompatibles en la cama?

–Seremos imparables. Te lo demostraré en el momento en que me digas que sí.

–Y cuando hablas de un heredero, te refieres a un varón, ¿verdad? ¿Y si acepto tu propuesta y me embarazo de una niña? ¿O si no puedo embarazarme? ¿O si tú tampoco eres fértil?

Él sonrió.

–¿Has terminado de enumera todo lo malo que puede pasar? –se encogió de hombros–. Solo tienes que aceptar y yo me ocuparé del resto.

Ella se rio.

–Pensé que eras un dios cuando te vi por primera vez, pero es evidente que crees que lo eres, si piensas que puedes adaptar el destino a tus deseos.

–Siempre diseño mi propio destino. Como ahora mismo. Reconocí que tú eras la mujer hecha a medida para mí. Cuando seas mía, podré cumplir todos los objetivos que tengo para mi vida.

–Está bien. Sé que eres un maestro en todo lo que te propones, pero también sé que eres consciente de que lo que acabas de decir es una locura. Hay cosas en la vida que quedan fuera de tu control.

–Podemos controlar nuestro destino. Puedes ceder el control del tuyo al tener en cuenta a otros que nunca apreciarán tu sacrificio, o puedes decirme que sí y mantener el control de tu destino.

–¿Y por qué ser un instrumento más de tu plan me convierte en dueña de mi destino?

–Porque al contrario del resto de las personas de tu vida, yo nunca amenazaré tu autonomía. Cuando me lo pidas, solo realzaré tu poderío, apoyaré tus planes y retiraré obstáculos de tu camino. Elegirás decirme que sí porque, tras valorar los pros y los contras, te darás cuenta de que los pros son muchos más. Cuando lo hagas, nos convertiremos en amantes. Te daré todo lo que siempre has deseado, dentro y fuera de la cama.

–Al hablar de pros y contras, deshacerte de Hassan está dentro de los pros, ¿verdad? A modo de compensación.

–No. Te prometí que os libraría a ti y a Zafrana de Hassan, y lo haré independientemente de lo que suceda entre nosotros. Puedes decirle a tu padre que has encontrado la solución a todos vuestros problemas y que vas a mandar a Hassan a freír espárragos –le mordisqueó la mano–. Te convertirás en mi amante y tendrás a mi heredero por otros motivos, y todos originados por voluntad propia. El principal es que no puedes esperar para acostarte conmigo, para que te posea, para que te dé placer y todo aquello con los que siempre has soñado.

–¿Voluntad propia? –preguntó ella mientras él seguía besuqueándola y aumentando su deseo–. Numair, ahora sé lo que es que se te lleve por delante una tormenta. Tú eres una.

–Te llevaré a un terreno que ninguno de nosotros conoce, uno lleno de puro placer. Después, cuando te quedes embarazada, nos casaremos.

Ella se atragantó y tosió con nerviosismo.

–¿Por qué no puedes ser como los demás hombres y hacer lo evidente? Te he pedido un gran favor, pues tú me pides otro a cambio y se acabó. ¿Tienes que pedirme un heredero y, después, matrimonio? ¿Quién ha hablado de que el matrimonio fuera una opción?

–Yo –dijo con rostro implacable–. Y no será una opción. Será una obligación.

Ella se levantó una pizca para poner un poco de distancia entre ambos.

–Gracias, pero no. Ya estuve casada una vez y eso no es para mí. Lo máximo con lo que he fantaseado es con tener una ardiente aventura con un dios del sexo que tuviera el poder de liberar a mi reino de su peor atadura de la historia. No estoy dispuesta a convertirme en esposa. Y menos de un hombre que lo único que ha dicho es que me considera la mejor mujer con la que procrear.

–Aparte de que tus palabras son poco precisas, ya has hablado de tener un hijo conmigo, o sea que te lo estabas pensando. ¿Qué esperabas hacer cuando te quedaras embarazada? ¿Tenerlo en secreto, dármelo y desaparecer? ¿O tenerlo fuera del matrimonio? Tú, una princesa... ¿O esperabas tenerlo aquí y romper todos los lazos con tu reino? ¿Y dónde esperabas que me quedara yo? ¿Al margen y viendo a mi hijo en contadas ocasiones? ¿Enviándote cheques y no participando en su crianza?

Antes de que ella pudiera encontrar una respuesta, él afirmó:

–Nos casaremos en cuanto te quedes embarazada.

Jen sintió que le faltaba el aire. Agarró el bolso y se puso en pie tambaleándose.

–Necesito tiempo para pensar –dijo, y salió de la habitación con piernas temblorosas.

Cuando abrió la puerta principal de la suite, él al agarró por detrás y la giró:

–¿Qué....?

La besó para acallar su pregunta e incapacitarla para pensar.

Fue él quien se separó de ella al cabo de un rato, y en su mirada se reflejaba su excitación física y emocional.

Antes de permitir que se marchara, le dijo:

–Te doy hasta mañana por la noche, después enviaré a mi mano derecha a buscarte. Mañana por la noche dormirás entre mis brazos.

Capítulo Cuatro

Numair observó a Jenan alejarse por el pasillo como si estuviera escapando.

De pronto, tuvo la sensación de que acababa de cometer los errores más grandes de su vida. Por dejarla marchar y por haber introducido el tema del heredero y del matrimonio tan pronto.

¿Y si, a pesar del intenso deseo que existía entre ellos, él había sido demasiado duro y ella había salido huyendo, pensando que lo mejor sería casarse con Hassan, un hombre que le resultaba mucho más fácil de manejar?

Haciendo un gran esfuerzo, se contuvo para no ir tras ella, meterla de nuevo en la habitación y poseerla. Había decidido esperar hasta el día siguiente, pero todo su cuerpo estaba preparado para poseerla en ese mismo instante.

Sin embargo, no podía hacer nada más que verla marchar. Todo lo demás, empeoraría las cosas.

Él jamás había tenido la sensación de perder el control. Nunca había sido incapaz de anticipar las consecuencias de sus actos, nunca se había comportado de forma impulsiva ni había dado un paso sin premeditarlo.

Sin embargo, todo lo que había hecho después

de conocer a Jenan habían sido actos no premeditados. Sufría algo que nunca le había sucedido. Una especie de locura.

Y era por culpa de ella. Jenan. Empezaba a pensar que realmente era el significado de su nombre. Al menos, uno de ellos, «paraíso»; pero también había otro significado más coloquial, «locura». El estado en el que él se encontraba y que ella era capaz de provocarle.

Numair sabía que ella se disponía a regresar sola a su apartamento de Tribeca, en Manhattan. Eran las dos de la mañana y, ya fuera en taxi o en su coche particular, tenía quince minutos de trayecto por delante.

No podía seguirla, pero se aseguraría de que alguien lo hiciera para protegerla. En cuanto Jenan desapareció de su vista al doblar la esquina, él sacó su teléfono y llamó a Ameen y le ordenó que la siguiera a casa y que después le informara.

Finalmente, cerró la puerta y se acercó al lugar donde había estado a punto de hacerle el amor.

Se sentó y acarició el sitio donde ella había estado sentada, recordando su calor. El tacto de su piel estaba grabado en sus manos, su aroma todavía le llenaba los pulmones y su sabor permanecía en su boca.

Ella era lo más emocionante que le había sucedido nunca. Y lo más peligroso. Había provocado que olvidara los métodos de conquista refinados y lo había reducido a ser un hombre impulsivo que no seguía planes y no tenía freno. Nunca había imaginado la posibilidad de no conseguir todo lo que deseaba. Siempre había conseguido todo lo que planeaba porque nunca le había importado lo que pensaran de él. La gente siempre había sido libre para odiarlo o despreciarlo, siempre y cuando se arrodillaran ante él.

Necesitaba saber que confiaba en él y ver que la admiración iluminaba su rostro otra vez. Necesitaba poseerla. Lo que había planeado con sangre fría se había convertido en un ardiente deseo.

Blasfemando, Numair agarró el teléfono, Antonio había interrumpido su momento de amor. Antonio había sido el cirujano de campo durante los años que pasaron como esclavos de La Organización, se había convertido en médico titular de Castillo Negro, creador y director de un negocio floreciente e innovador de I+D, y en uno de los cirujanos más brillantes y poco convencionales del mundo. Su horario era impredecible, como todo acerca de él. También era conocido por su capacidad de dormir a voluntad, de cargar sus baterías siempre que era posible para poder soportar los largos días que pasaba en el laboratorio, en el quirófano y en la sala de juntas. Numair lo había visto dormirse sentado, en menos de treinta segundos. Era muy posible que se hubiera quedado dormido inmediatamente, después de su fatídica llamada. Marcó el teléfono de Antonio y esperó.

–Pensé que querías matarme cuando te llamé antes –bromeó Antonio con voz calmada.

–Y así era. Todavía quiero hacerlo.

—Interrumpí algo importante ¿no?

—Interrumpiste lo más importante. Y ni siquiera te estabas muriendo.

—¿Así que esta es una llamada de cortesía, antes de que vengas para asegurarte de que rectifico mi descuido?

Después de haberse enfrentado a la muerte juntos casi a diario, y de defenderse mutuamente durante más de quince años, Antonio tenía motivos para no temer la venganza de Numair. Claro que era un hombre que no temía a nada en el mundo.

—¿Para qué diablos me llamaste, Huesos?

—Ya te lo he dicho, Fantasma.

Siempre volvían a emplear los nombres con que solían llamarse mientras estaban en La Organización.

Eran dos de los cientos de niños que habían sido robados por todo el mundo y llevados hasta un lugar aislado en los Balcanes para convertirlos en mercenarios. Él era demasiado joven cuando lo robaron. Había olvidado todo sobre su pasado. Todo lo que había permanecido en sus recuerdos antes de que llegara a lo que más tarde llamaría Castillo Negro era el nombre de su pantera de juguete, Numair, y también los nombres de lo que más tarde recordó que eran reinos del desierto, Saraya y Zafrana. Y el recuerdo de ahogarse.

Había pasado más de veinticinco años de los cuarenta que tenía en Castillo Negro antes de organizar, diez años atrás, la forma de escapar, suya y de sus hermanos. Había pasado la mayor parte del tiempo con un fuerte sentimiento de frustración, incapaz de investigar acerca de sus orígenes debido a los escasos recuerdos que tenía. No saber quién era había provocado un gran vacío en su persona.

Después Antonio había desarrollado un método de hipnosis agresiva adaptado al estado de Numair y a su personalidad. Había pensado que podía ser efectivo, pero le advirtió de que también podía ser peligroso. Sin embargo, Numair estaba dispuesto a arriesgar cualquier cosa con tal de averiguar la verdad. Estaba seguro de que había alguien responsable de su sufrimiento y no descansaría hasta vengarse.

Los esfuerzos de Antonio habían sido en vano, algo esperado, puesto que Numair era resistente a la hipnosis. Sabía que tendría que hacer una larga terapia y habían estado indagando en los recuerdos que Numair tenía de antes de los cuatro años.

No obstante, Numair estaba acostumbrado a los plazos largos. Había comenzado a planear su huida de La Organización cuando ni siquiera tenía diez años. Y la había puesto en práctica veinte años más tarde.

En cautividad, Numair había madurado deprisa, convirtiéndose en un chico duro y astuto capaz de manejar el entorno despiadado en el que vivía y manipular a sus carceleros. A los diez años ya se había convertido en la adquisición más valiosa del campamento. Gracias a su asombrosa capacidad para ser un gran espía, le cambiaron el nombre por el de Fantasma, y así comenzó la tendencia a llamar a algunos niños por un nombre que los describía.

Él sabía que no podía escapar solo. Necesitaba ayuda. Y a cambio ayudaría a otros a escapar. Eligió a seis niños más jóvenes que él y con habilidades complementarias a las suyas y, tras manipular a los captores, consiguió que los metieran en su equipo. Los obligó a hacer un pacto de sangre para dedicarse a cuidar de los demás y conseguir un objetivo, escapar, destruir La Organización y salvar a otros niños de ese destino.

Consiguieron ejecutar su plan y, después de escapar, se crearon nuevas identidades y formaron la empresa Castillo Negro, empleando su único talento. Todos menos Cifras. Él se separó del grupo después de que una gran discusión y prometió que no volverían a verlo. Y así había sido.

Aunque la pérdida de Cifras permaneció como una herida abierta en el grupo, la compensaron centrándose en el pacto original y desmantelando La Organización desde el exterior.

Entretanto, cada uno perseguía su objetivo personal, la familia de la que los habían separado, la herencia que les habían robado o una nueva meta. Algunos, como Rafael, incluso se habían casado. Y a Numair le había llegado el turno.

Cuatro meses antes, las sesiones de hipnosis que le había hecho Antonio habían dado fruto y Numair había conseguido recuperar suficientes recuerdos como para construir su pasado. Había descubierto quién era y cómo había terminado en manos de La Organización.

Así que, ¿para qué lo había llamado Antonio?

–¿Y por qué de pronto piensas que necesito más sesiones? Ya habíamos conseguido el objetivo.

–Eso lo decidiste tú, no yo. Tus recuerdos estaban tan enterrados y tan afectados por el trauma que me vi obligado a distanciar las sesiones para no dañar tu salud mental.

–¿Quieres decir que podrías haber conseguido que recuperara mis recuerdos más deprisa? ¿Has tardado todos estos años a propósito?

–¿No has oído lo que te he dicho acerca de no dañar tu salud mental?

–¿De veras crees que tengo algo dentro de mi cabeza que pueda dañarse?

–Si te veo como mentor y tratante de esclavos, diría que tu cabeza está hecha de acero, si te trato como tu médico, te diré que he tocado algunos lugares sensibles muy ocultos. Incluso el acero puede destruirse con la presión adecuada.

–¿Adónde nos lleva todo esto?

–¿Recuerdas, y perdona el juego de palabras, cuál era el recuerdo clave que sirvió como base a la investigación sobre tus orígenes?

Él no recordaba nada más. Cuando ese recuerdo afloró a su cabeza, sintió como si estuviera reviviéndolo. Había sido tan real que casi se ahogó antes de que Antonio lo sacara del estado hipnótico.

Lo que recordaba era un día que estaba en un

yate con su padre y cómo, de pronto, unos hombres que parecían monstruos los habían abordado. A su padre lo lanzaron al mar después de dejarlo inconsciente. Numair estaba seguro de que se había ahogado inmediatamente. Después, los hombres lo tiraron a él también.

Numair debería haberse ahogado, siempre recordaría la sensación que le había provocado el odio al agua, a pesar de haberse visto obligado a destacar en natación. La investigación reveló que había conseguido llegar a nado hasta la orilla de Turquía, donde lo habían llevado a un orfanato. Un año más tarde alguien de La Organización se lo había llevado. Y así comenzó su verdadero sufrimiento.

Tras estudiar la historia de toda la región en aquella época, descubrió que su padre había sido Hisham Aal Ghaamen, el que entonces era príncipe de la Corona de Saraya. Y él era el heredero. Había llegado a la conclusión de que el asesinato de su padre había sido encargado por Hassan, el hermano de este y rey de Saraya en la actualidad. Deshacerse de él le había servido para ser el único regente hasta que alcanzara la mayoría de edad.

–Me gustaría repasar ese recuerdo.

–No, mientras no me des otra razón aparte de que deseas husmear en mi cabeza otra vez.

–Como si quisiera husmear en ese calabozo al que tú llamas cabeza. Está llena de cuerpos putrefactos y restos desmembrados.

–Como si la tuya no lo estuviera.

–Tengo la sensación de que hay más fragmentos incrustados en tu cerebro, como si fueran metralla. Me preocupa que afloren por su cuenta y que provoquen daños inesperados. Antes de que gruñas, imagínate si se desestabiliza el lado de la balanza que te permite mantenerte en el lado de la bondad. Con tu intelecto y tu poder te convertirías en un auténtico monstruo. Así que lo que me preocupa es el resto del mundo.

Numair odiaba admitirlo, pero sabía que Antonio tenía razón.

Suspiró y dijo:

–¿Qué recuerdos podrían ser más dañinos que recordar el asesinato de mi padre y que yo estuve a punto de ahogarme?

–No lo sé, pero he estado repasando los vídeos y los apuntes de nuestras últimas sesiones y estoy convencido de que todavía no sabes la historia completa.

–Es la parte importante.

–¿Por qué eres tan cabezón? Pensé que querías descubrirlo todo sobre tu pasado.

–Sé suficiente.

Antonio suspiró.

–Corres el riesgo de que esos recuerdos salgan a la superficie y acaben con todo lo que impide que te vuelvas loco.

–Lo comprendo. ¿Algo más?

–Debería haberte implantado algún reflejo posthipnótico en el cerebro cuando me diste la oportunidad.

–No lo hiciste. Siempre dije que tus valores morales te impiden maximizar tus oportunidades.

–Sí –dijo Antonio–, pero siempre puedo lanzarte un dardo con tranquilizante y hacer lo que pueda.

–Como si no fuera a darme cuenta de tus intenciones.

Antonio se rio.

–Adelante, infravalórame. Te tendré sobre mi camilla otra vez.

–Ni lo sueñes.

Así, como de costumbre, terminaron la conversación sin decirse adiós.

Después, Numair permaneció sentado mirando al tendido y pensando en Jenan y en cómo se habían conocido.

Ella era parte del otro lado de su herencia. Su madre era Safeyah Aal Ghamdi, una princesa de la familia real de Zafrana, una prima del difunto rey Zayd Aal Ghamdi y pariente lejano de Jenan. Su madre se había marchado de la región después de que se diera por muertos a su marido y a su hijo, hacía treinta y siete años, y nunca había regresado. Nunca se había vuelto a casar y había fallecido cuatro años antes en Inglaterra.

Además, tras la defunción del rey de Zafrana veintidós años antes, el trono pasó a su pariente varón más cercano, su primo Khalil, padre de Jenan.

El plan de Numair era sencillo. Había ido allí para reclamar su herencia y castigar al monstruo que había asesinado a su padre y que había provocado que él viviera en el infierno durante un cuarto de siglo.

Él todavía estaba tratando de conseguir pruebas irrefutables acerca de su identidad. Puesto que su padre llevaba muerto casi cuatro décadas, era difícil encontrar algo con su ADN. Lo único que podía hacer era encontrar sus restos, así que estaba rastreando el Mediterráneo, donde se había hundido el yate de su padre.

Cuando lo encontrara, reclamaría su propia identidad. Y no tenía miedo de hacerla pública. En La Organización nadie sabía quién era en realidad, puesto que lo habían recogido de un orfanato en un país lejano donde figuraba como niño anónimo. Y él se había inventado un pasado que encajaba con la persona de Numair Al Aswad.

Cuando decidiera hacer pública su verdadera identidad, revelaría que había sobrevivido al intento de asesinato. Su historia se diferenciaría de la verdadera en que contaría que lo habían encontrado los pescadores en la orilla de Damhoor, un reino cercano a Saraya, y que lo habían llevado a un orfanato de allí. Después, lo había adoptado una pareja que trabajaba allí, pero nunca dijo nada porque la adopción no estaba permitida, llevándoselo a los Estados Unidos como si fuera su hijo biológico. Ellos le habían contado que era adoptado a finales de la adolescencia.

La otra verdad que contaría era que había tardado todo ese tiempo en investigar sus orígenes.

Hasta que lo demostrara, prepararía el campo

de batalla. Y castigaría a Hassan. Antes de contar que era un asesino y condenarlo para siempre en un calabozo, lo destrozaría poco a poco.

Todo el mundo se alegraría, puesto que los monarcas de la región deseaban que abdicara para que lo ocupara alguien que lo mereciera. Y ese no sería Najeeb, su primo y el príncipe de la corona de Hassan, sin Numair.

Si sus primos reclamaban su derecho al trono, él tenía la capacidad para impedírselo y el dinero necesario para comprarlos. Si no, haría todo lo necesario para conseguir que se arrodillaran ante él. No tenía problemas acerca de conseguir el trono mediante un golpe de Estado. Ni de empezar una guerra para reclamar lo que era suyo. No sería la primera vez que instigaba un conflicto armado.

La otra parte de su plan había sido reclamar el otro lado de su herencia.

También había ido allí dispuesto a tomar el trono de Zafrana, para liberar su otro reino natal de su inepto rey. La única manera de hacerlo era mediante un acto de sangre. La sangre de Khalil. Lo haría a través de una de sus hijas, y Jenan había sido la elegida, puesto que sus hermanastras eran demasiado jóvenes. Sin embargo, Hassan también había apostado por ella para conseguir Zafrana con un plan idéntico.

Su intención era seducir a Jenan y convencerla de que se casara con él, convirtiéndose en el gobernador de facto aunque Khalil estuviera con vida por medio del matrimonio. Cuando Khalil muriera y el trono pasara al hijo, él seguiría regentando hasta que su hijo cumpliera la mayoría de edad.

Sin embargo, en muy pocas horas todo había cambiado. La deseaba. No se retiraría ni cambiaría de estrategia, sino que intensificaría el ataque. Al día siguiente, por la noche, Jenan sería suya.

–¡Eres mi heroína!

A la mañana siguiente, Jen hizo una mueca al ver que Zeena se lanzaba a sus brazos nada más abrirles la puerta a Fayza y a ella.

Fayza, su hermana de diecinueve años, entró en el apartamento entusiasmada.

–Cuando se percataron de que habías desaparecido de tu propia fiesta de compromiso, padre y Hassan estuvieron a punto de sufrir un ataque. Fue tan divertido.

–Y padre, ¿está bien?

–Sí –Fayza se dejó caer sobre el sofá–. Tiene la tensión por las nubes.

–Fay, tu costumbre de no tomarte nada en serio hará que algún día me dé un ataque! Por favor, dime que le has dado su medicación.

–Sí, sí… Estoy segura de que no le hizo efecto hasta que lo llamamos mientras veníamos de camino para decirle que estabas bien.

Aunque ella no estaba bien, y quizá nunca volviera a estarlo.

Desde que se había separado de Numair, no había sido capaz de dormir, solo podía pasear de un lado a otro con un gran nudo en el estómago.

–Sabes… –dijo Fayza con admiración–, siempre hemos pensado que eres una mujer maravillosa pero ¿el truco de anoche? Has batido el récord a la hora de burlarte de la cultura y la historia de nuestra región. Habría dado cualquier cosa por ver el rostro de Hassan en el momento en que se enteró de que te habías marchado –se puso de rodillas y le preguntó a Jen–. ¿Qué hiciste cuando te marchaste?

–Se marchó con un hombre como los del cuento de *Las mil y una noches.*

–¿Qué? –preguntó Fayza al cabo de unos segundos–. ¿Y no me lo habías contado? Zee, voy a matarte.

–¿Qué iba a contarte? Lo único que sé es que ese hombre apareció de repente, se acercó a Jen y, de pronto, ya no estaban.

Jen soltó una risita.

Fayza se volvió hacia Jen.

–¡Suéltalo!

Consciente de que no tenía sentido evitar sus preguntas, Jen les contó todo, omitiendo algunos detalles. Como por ejemplo que Numair había estado a punto de hacerle el amor y que le había exigido que le diera un heredero.

Zeena y Fayza se marcharon por la tarde, después de haber comido pizza, visto la tele y pintarse las uñas.

Las dos chicas estaban encantadas de que su

hermana mayor no se sacrificara por la paz y la salvación económica del reino, y de que un príncipe azul hubiera ido a su rescate.

Jen cerró la puerta tras ellas y dejó de sonreír. Si sus hermanas supieran que su príncipe azul era un depredador, e imparable como un huracán…

Aunque no había sido capaz de hacer lo que él le había pedido, decirle a su padre que todo estaba solucionado, sí creía lo que Numair le había dicho acerca de que no era necesario que aceptara su proposición para que él le prestara ayuda. Ese no era el motivo por el que se sentía tan confusa.

El motivo era lo que él le había exigido. Convertirse en su amante, dormir entre sus brazos, compartir su intimidad con él le parecía algo maravilloso. Desde que él la había tocado, ella no había cesado de desearlo. Estaba segura de que él era el hombre que podía enseñarle cómo podía llegar a ser el sexo, la pasión y la satisfacción.

Sin embargo, ¿quedarse embarazada de él? Sonaba aterrador.

¿Y qué alternativa tenía? Podría continuar viviendo sola, trabajar, triunfar… No estaba mal, y le había bastado antes de conocerlo. Aunque siempre había tenido la esperanza de que algún día encontraría a un hombre y se enamoraría de él. Y en cuanto a tener un bebé, siempre había pensado que algún día tendría uno. Y puesto que había abandonado la idea del matrimonio y no le gustaba nadie como para mantener relaciones sexuales, había pensado que buscaría un donante. Sin embargo, después de conocer a Numair esa opción ya no le parecía válida. Después de conocer su existencia y de saber que se podía desear a un hombre de esa manera, que a su vez la deseaba a ella, ¿cómo no podía contemplar la idea de tener un hijo producto de la perfección?

Tener un hijo con aquella maravilla sería increíble. Y cuando se quedara embarazada, si se casaban tal y como él insistía en que hicieran, él no sería una pareja insegura como había sido su exmarido, así que no tendría que preocuparse. Además, le había prometido que nunca la agobiaría. En realidad, un hombre como él, preocupado por asuntos de gran importancia, no tendría mucho tiempo para ella, y eso le dejaría todo el espacio que necesitara.

Era probable que su ardor también se fuera enfriando de manera gradual. Y el de ella también, y más cuando estuviera criando un bebé. Jen terminaría teniendo todo lo que tenía en esos momentos, además de un hijo y la mejor pareja posible para criarlo.

Tenía la sensación de que Numair sería un buen padre. Y estaba segura de que a su lado estaría a salvo, igual que su hijo.

De hecho, cuanto más pensaba en ello, más le parecía demasiado bueno como para ser verdad. Ni siquiera podía imaginar por qué aquello le estaba sucediendo a ella.

Tenía miles de dudas, y sabía que había muchas cosas acerca de Numair que desconocía.

Sonó el timbre de la puerta y se sobresaltó. Miró el reloj que había en la pared y vio que eran las siete de la tarde. Debía de ser el hombre de confianza de Numair.

Iría a ver a Numair para pedirle que tuvieran una larga conversación. Le preguntaría sus dudas, expresaría sus condiciones, y cuando obtuviera respuestas le arrancaría la ropa y le pediría que no tuviera piedad con ella.

Tras respirar hondo, abrió la puerta con una amplia sonrisa. Segundos después, se quedó sin aire.

Numair estaba en su puerta.

Antes de que pudiera recuperar la respiración, él la tomó entre sus brazos y cerró la puerta, mirándola con una voracidad que provocó que se derritiera.

–Me he dado cuenta de que he sido muy descuidado. Te hablé del placer que te proporcionaría si me dijeras que sí, pero no te he mostrado ni un ejemplo. He venido para rectificar mi descuido.

Capítulo Cinco

Él la dejó en el suelo y sujetándola por la cintura le acarició la mejilla con la otra mano.

—Me he pasado sufriendo toda la noche y todo el día. Dime que tú también —ella asintió en silencio—. Y mientras sufría, planeé todo lo que podría hacerte, las maneras en que podría saciar nuestro deseo, despacio, plenamente… —le acarició los labios—. Nunca había imaginado que se pudiera desear algo de esta manera, o que existiera alguien como tú. Pensé que la intensidad de mi deseo te asustó y te hizo salir huyendo.

—Me asustó lo mucho que yo te deseaba. Temía haberme vuelto loca.

—Así era. Igual que yo. Me he vuelto loco… ¿Sigues teniendo miedo?

Ella restregó los labios contra su dedo, suplicándolo que continuara.

—Solo de que se me detenga el corazón.

—Yo haré que se te detenga. A causa del placer.

Ella asintió y cerró los ojos para saborear las sensaciones que manaban de su interior. Le mordisqueó el dedo pulgar y gimió.

Él respiró hondo y restregó su torso contra los pechos de Jen, provocando que sus pezones se pusieran turgentes contra la ropa. Después, le agarró la pierna y se la colocó alrededor de la cintura, presionando su miembro erecto contra el centro de su feminidad.

Ella gimoteó cuando él comenzó a moverse contra ella, al mismo tiempo que la besaba en el cuello y succionaba para dejar su marca. Al ver que le flaqueaba la pierna con la que se sujetaba en pie, Numair la levantó en brazos y comenzó a moverla de arriba abajo contra su miembro.

Jen se sentía cada vez más excitada, y no pudo evitar pronunciar su nombre en un gemido, antes de mordisquearle el labio por pura desesperación.

—No te equivoques —dijo él—, soy yo quien va a devorarte esta noche, proporcionándote cada uno de los placeres que tu cuerpo sea capaz de experimentar.

Jen asintió con la respiración acelerada.

Él apoyó la frente contra la de ella.

—Esto es inigualable, casi insoportable, pero sublime.

—Sí —susurró ella.

Nada de lo que ella había experimentado en su vida la había preparado para aquello. Para él.

Numair se separó de ella un instante para colocarla contra la pared. Se deslizó sobre su cuerpo, despacio, restregándose contra ella y levantándole el vestido al subir para quitárselo por la cabeza.

Después, le desabrochó el sujetador y se lo quitó. De pronto, la timidez se apoderó de Jen. El hombre que había conocido la noche anterior estaba allí, en su casa, y la tenía casi desnuda mientras él permanecía vestido. Era una locura. Y tremendamente excitante. Lo mejor que le había sucedido nunca. Y lo más impresionante.

Antes de que ella pudiera cubrirse el cuerpo desnudo con los brazos, él se arrodilló.

–Pensé que sabía lo que iba a encontrarme bajo el vestido. Me equivoqué. Eres una diosa, Jenan.

–Mira quién habla.

–He terminado de hablar –la abrazó con fuerza–. Ahora te veneraré.

Comenzó a cumplir su palabra y ella gimoteó mientras le acariciaba el trasero a la vez que jugueteaba sobre su ombligo con la lengua. Después, comenzó a mordisquearle los senos y a succionarle los pezones turgentes hasta que ella no pudo evitar suplicar:

–Numair… Por favor…

En respuesta, él le llevó las manos a la cinturilla de la ropa interior y la desnudó para devorarla con la mirada.

Jen lo miró mientras él le acariciaba las piernas con los labios, despacio.

–Tu piel, tu aroma y tu sabor son perfectos. Mágicos. Una locura. *Enti jenan ann jadd.*

Ella se quedó boquiabierta. Él le había hablado en su lengua materna. Le había dicho que realmente era una locura. Siempre había odiado que la gente asociara ese significado a su nombre, pero su manera de decirlo, el significado que él le había dado… Le había encantado.

Cuando él terminó de explorar cada centímetro de su cuerpo ella estaba completamente excitada. Él la presionó contra la pared, le separó las piernas y se las colocó sobre los hombros.

Antes de que ella pudiera anticipar sus intenciones, le acarició los labios de su feminidad con la nariz y respiró hondo, antes de separárselos con los dedos para introducirlos en su interior. Ella se estremeció con fuerza. El placer que sentía era casi insoportable. Siempre le había repulsado el sexo oral, pero esa vez no. Deseaba que Numair lo practicara con ella. Mientras él le introducía un dedo en el cuerpo, ella pensó en el vacío que había tenido toda su vida. Y en cómo sentir a Numair en su interior provocaría que se sintiera plena.

Lo deseaba, e intentó transmitírselo apretando las piernas contra su cabeza, sujetándolo del pelo y acercándolo a su cuerpo. Él comenzó a acariciarla con la lengua, despacio, tal y como le había prometido.

–Permíteme que vea cómo te estoy complaciendo –le pidió Numair.

Entonces, tras acariciarla con la presión exacta y la velocidad necesaria, ella comenzó a convulsionar hasta alcanzar el éxtasis. Mientras, él la miraba fijamente a los ojos, disfrutando.

Segundos después, ella se derrumbó contra su cuerpo y él se puso en pie para sujetarla.

–Abrázame, *ya jenani* –le susurró él.

Jen se agarró a sus brazos, le rodeó la cintura con las piernas y apoyó la cabeza en su hombro mientras él atravesaba el apartamento hasta el dormitorio. Ella se sentía como su estuviera soñando. Con Numair todo era una novedad. Una locura. Tal y cómo él había dicho.

Numair cerró la puerta. De pronto, ella deseó que hubiera más iluminación, para poder analizar cada detalle de su cuerpo. Solo estaban encendidas las lamparillas de la mesilla y de la cómoda. También se fijó en algo más.

Los colores de la habitación, una gama de verde, teca y ébano, recordaban a los del cuerpo de Numair.

–¿Has visto mi habitación? Es mi santuario privado.

–Te refleja a la perfección –dijo él con una sonrisa.

–De hecho, te refleja a ti. Tu piel, tus ojos, tu cabello. Es como si hubiera elegido los colores para ajustarlos a tu persona, como un tributo a tu belleza. Parece que la elección de los colores fue una especie de profecía.

–Todo lo que dices, todo lo que haces, me vuelve loco, *ya galbi*.

Ella se estremeció al oír que la llamaba amor mío en su lengua materna y no pudo evitar suspirar antes de inclinar la cabeza para permitir que la devorara con los labios.

Cuando él se retiró, la expresión de su rostro era la de un depredador.

–No estaba exagerando. Estás alterando mi cordura, Jenan. Nunca había imaginado que pudiera perder el control, y lo estoy haciendo. Así que no me toques, ni me digas nada, si no quieres tener a un loco de remate encima de ti.

Ella se rio.

—No me gustaría verlo. Probablemente, me matarías de frustración…

Numair la silenció con un beso y la tumbó sobre la cama antes de colocarse sobre ella. Jen comenzó a moverse bajo su cuerpo, arqueando la espalda y suplicándole en silencio que se diera prisa. Sin embargo, él se tomó su tiempo. Le sujetó los brazos por encima de la cabeza mientras con la otra mano le acariciaba el rostro, el hombro y uno de los pechos.

—No puedes pedirme que me dé prisa. Solo puedes gemir de placer. Es lo único que puedo soportar.

—Deja que te vea.

—Ya estás rompiendo las normas.

—Eres injusto —comentó ella.

—Lo injusto es tu belleza.

Jen intentó soltar las manos para acariciarlo. Él la inmovilizó y continuó disfrutando de su cuerpo. La llevó al límite muchas veces, hasta que las lágrimas comenzaron a rodarle por las mejillas. Entonces, se sentó a horcajadas sobre ella. Le acarició los senos y jugueteó con sus pezones.

—Nunca había visto, ni probado, algo tan bello.

Jen llevó las manos a su cinturón.

—Quiero verte… quiero que me poseas… Por favor, Numair, ahora…

Él se quitó los zapatos y los calcetines. Después se puso en pie en la cama y comenzó a desnudarse, mostrándole su glorioso cuerpo.

Jen se apoyó sobre los codos y lo observó, boquiabierta. Al ver las marcas que evidenciaban la violencia que había sufrido, sintió que se le encogía el corazón. Había imaginado que su vida estaba llena de peligros, pero su cuerpo demostraba que era mucho peor de lo que ella pensaba.

Se incorporó y comenzó a acariciarle y a besarle las cicatrices. Cuando llegó a la que tenía en el torso, muy cerca del corazón, no pudo evitar que los ojos se le llenaran de lágrimas al pensar en el dolor que debía haber soportado.

Numair le cubrió las manos y se las apretó contra el torso.

—Ocurrió hace mucho tiempo, en otra vida.

Ella comenzó a llorar.

—Has debido de sufrir mucho...

—Sobreviví, y eso me hizo más fuerte —se arrodilló, la atrajo hacia así y la abrazó—. Y todo ello me ayudó a llegar aquí, junto a ti.

Se calló un instante.

—¿Te desagradan mis cicatrices?

—No. Igual que esos rasgos despiadados que muestra tu personalidad, las marcas de sufrimiento y resistencia hacen que me parezcas más atractivo. Me excitan y provocan que desee devorarte. Numair... —lo llamó mientras lo besaba, a la vez que acercaba las manos hasta su ropa interior, donde su erección se hacía evidente—. Eres más atractivo de lo que me había imaginado. Quiero devorar cada centímetro de tu cuerpo.

Numair suspiró aliviado y se quitó los calzoncillos.

–Más tarde, *ya hayati,* mucho más tarde.

Al oír que la llamaba mi vida ella se tumbó sobre la cama y comenzó a temblar. Nunca había visto nada parecido a su masculinidad.

Él se acomodó sobre ella otra vez y le acaricio el cabello.

–Ahora haremos el amor.

–Sí.

Ella separó las piernas y él se las colocó sobre su cintura. Se incorporó una pizca y se sacó un preservativo de los pantalones. Lo abrió con los dientes y empezó colocárselo.

Ella estiró la mano para detenerlo.

Él la miró sorprendido.

–¿Tienes algún tipo de protección?

Ella negó con la cabeza.

–Has aceptado mi propuesta –dijo él, con brillo triunfal en la mirada.

Jen asintió y comenzó a llorar. Estaba diciendo que sí a todo. Quería que él la poseyera y depositara la semilla en su interior, confiando en que enraizara.

–¿No quieres esperar hasta que te demuestre por qué debes aceptar?

–Anoche, cuando te vi de pie en la puerta, me demostraste todo lo necesario.

Numair la miró fijamente y la sujetó por las caderas. Después, bajó la vista hasta su miembro, para que ella hiciera lo mismo y contemplara cómo lo aproximaba a su entrepierna. Comenzó a acariciarla, impregnándose de su esencia hasta que Jen comenzó a jadear. Entonces, la penetró.

Ella gritó al sentir una mezcla de sorpresa y dolor. Había pensado que no le dolería, puesto que había mantenido relaciones anteriormente y estaba muy receptiva. Sin embargo, no estaba preparada para el primer empujón. Dudaba de si alguna vez llegaría a estarlo, de si siempre le dolería al principio, aunque después recibiera un placer inigualable. A pesar de que no había comenzado a sentir placer, sabía que lo haría. Y que sería devastador.

En el segundo empujón, él se percató de su dolor.

Se detuvo al instante y le preguntó:

—¿No habías estado casada?

—Eso creía yo. Parece que no.

—Estás muy tensa, como si nunca hubieran penetrado tu cuerpo.

—Tú no —se estremeció. El dolor estaba remitiendo y la sensación era mucho más agradable—. Me siento como si fuera la primera vez.

—Te he hecho daño —repuso él con nerviosismo.

—Sí —dijo ella, y lo retuvo al ver que él intentaba salirse de su cuerpo—. Para bien. El dolor no es nada comparado con lo que siento cuando estás dentro de mí. Quiero que duela. Quiero tu marca sobre mí.

Lo rodeó con fuerza por la cintura y movió las caderas contra su miembro.

–No tengas piedad –le suplicó.

–¿Quieres que me convierta en un loco de atar?

–Sí, por favor.

De pronto, él se retiró y ella se quejó, insistiéndole para que volviera a penetrarla. Él se resistió durante unos instantes y, finalmente, se adentró de nuevo en su interior.

Observó su reacción y ajustó sus movimientos a sus necesidades, esperando el momento adecuado para demostrarle que no tenía piedad.

–Eres maravillosa, por dentro y por fuera. Tensa… Ardiente… Jenan, me estás consumiendo.

Hizo una mueca como de sufrimiento y comenzó a moverse.

–*Ya jenani,* consúmeme mientras te poseo.

Jen arqueó la espalda al sentir que él había llegado a lo más profundo de su feminidad. Segundos después, comenzó a jadear y a gemir, a medida que un fuerte orgasmo se apoderaba de ella.

Entonces, él se puso tenso y la penetró con fuerza por última vez, antes de derramar su semilla en el interior de su cuerpo.

Era el único hombre al que ella le había permitido dicho placer, y el único que le había proporcionado un placer desmesurado.

Sus gemidos terminaron cuando todo aquello se volvió demasiado intenso y ella perdió la noción de la realidad… Una deliciosa sensación le recorría la espalda y el trasero una y otra vez.

Jenan despertó despacio y se percató de que la estaban acariciando como si fuera un gato. Estaba tumbada encima de Numair y él respiraba con mucha tranquilidad.

Sabía exactamente cómo se sentía él. Por primera vez en su vida, ella se sentía en paz consigo misma.

–¿Las dos horas de sueño han sido reparadoras? –preguntó él, besándola en la frente.

–¡Dos horas! –exclamó ella, incorporándose.

–Eres lo mejor que me ha sucedido en la vida.

Ella le acarició la espalda y lo besó también. No podía creerse que lo hubiera encontrado, que él la deseara, que hubieran compartido todo aquello en menos de veinticuatro horas.

Él la miró y la abrazó, presionando su miembro erecto contra sus muslos. Ella se rio y se contoneó contra su erección. Numair la tumbó bocarriba y le preguntó:

–¿Se lo has contado todo a tu padre?

–Puesto que no tenía detalles he preferido no decirle nada.

–¿Así que desapareciste de tu fiesta de compromiso y no les has dado una explicación?

–Así es.

Él la miró con una amplia sonrisa.

–Ya te dije que eras perfecta.

Ella sonrió.

–No voy a seguir diciéndote mira quién habla. No me has contado cuáles son tus intenciones –dijo ella.

–Pedirle a tu padre que no le cuente nada a Hassan y que regrese a Zafrana. Nos encontraremos con él allí, donde yo citaré a su gabinete para discutir los detalles de los problemas del reino. Ya tengo una idea al respecto. Tengo intención de poner el plan en funcionamiento inmediatamente. Cuando lo haga, iremos a Saraya y le demostraremos a Hassan que no es tu prometido.

Jen lo miró consternada.

–No me malinterpretes. Te agradezco lo que estás haciendo. Deseo que todo esto acabe y que Zafrana deje de correr peligro, pero confiaba en no tener que regresar.

–No será lo mismo cuando regreses esta vez –la miró–. Irás conmigo.

–¿Pretendes que continuemos con nuestra aventura allí? ¿Quieres montar un escándalo?

–No me importa lo que piensen los demás, ya lo sabes, pero por el bien de tu familia no habrá ningún escándalo. Sé cómo guardar un secreto. Déjalo todo en mis manos y concéntrate en ser libre y en disfrutar de mí –le acarició el cabello de la nuca y la animó a tumbarse de nuevo. Ella suspiró y se abrió para él–. Dime que sí, *ya jenani*.

–¡Sí! –exclamó ella, mientras él se introducía en su cuerpo.

Y durante toda la noche, ella no paró de decir que sí, mientras que todos sus miedos se evaporaban a medida que la pasión consumía su cuerpo y su alma.

Capítulo Seis

–¿Tus hermanas son de confianza?

Jen observó cómo se movían los labios de Numair al hablar, el deseo de capturárselos era tan intenso que apenas comprendió el significado de sus palabras.

Su mente estaba ocupada recordando lo que le había hecho con los labios los tres días anteriores día y noche y hasta quince minutos antes, cuando sus hermanas subieron a bordo de su jet privado.

Después de la primera noche en su apartamento, él la había llevado a su suite del hotel Plaza y no habían salido de allí. No habían hecho otra cosa que disfrutar el uno del otro, y cada vez había sido mejor que la anterior. Habían hecho el amor de muchas maneras que ella nunca había imaginado posible.

Numair estaba de pie delante de ella, vestido con un traje negro. La tomó en brazos para llevarla al dormitorio del avión. Una vez dentro, cerró la puerta, la besó, asegurándose de que notara su erección.

–Mis hermanas están muertas de curiosidad por nuestra relación y ya me han hecho la misma pregunta de cien maneras diferentes, pero ninguna de mis respuestas las ha contentado. Supongo que ahora intentarán que tú les cuentes la verdad.

Numair la besó de nuevo y dijo:

—¿Qué te parece si las tranquilizamos y confiamos en ellas?

—Yo suelo contarles todo, pero tampoco he tenido ningún secreto que guardar. Están acostumbradas a alardear de mis noticias delante de todo el mundo. Estoy segura de que querrán alardear de ti, y no quiero ponerlas a prueba. Aunque nos prometan que guardarán el secreto, tú eres demasiado. Conseguirías que cualquiera rompiera sus normas e hiciera cosas disparatadas.

—Cualquiera, menos tú.

Ella se rio.

—Bromeas, ¿verdad?

—No bromeo. Estás siguiendo todas las normas que te has creado, aceptando lo que crees que es bueno para ti sin pensar en las limitaciones de la sociedad. Todo lo que estás haciendo conmigo es coherente con tu forma de ser. Sabías que yo era el hombre de tu vida, y no perdiste tiempo con artimañas, sino que tomaste lo que querías y necesitabas.

—Cuando hablas así, parece que supiera lo que estaba haciendo.

—Y así era —la besó de forma apasionada y le acarició la mejilla—. Entonces, ¿se lo contamos o no?

—Pensándolo bien, puesto que ambas participan continuamente en las redes sociales, si no queremos que esto lo compartan con un millón de amigos, no solo no podrás tomarme en brazos para devorarme, sino que tendrás que mantener tus manos alejadas de mí.

–¿Quince horas sin tocarte?

Jen le dio un golpecito en los abdominales.

–Tranquilo. Considéralo una oportunidad para descubrir si la abstinencia es tan buena para el alma como dicen.

–¿Quién ha dicho que tenga alma?

Ella se rio y le dio un abrazo. Antes de que él pudiera besarla de nuevo, Jen se escapó de sus brazos, abrió la puerta y salió de la habitación.

Lo único que deseaba era arrastrarlo hasta la cama y continuar compartiendo su intimidad con él, pero temía que sus hermanas entraran a buscarlos, tratando de encontrar respuesta a su curiosidad.

En realidad, ella deseaba poder decírselo, pero no era habitual que una mujer de su región anunciara que tenía un amante. No era de extrañar que ella no quisiera regresar.

Él la siguió y ella percibía su tensión. Las voces de Fayza y Zeena provenían del salón. Jen volvió la cabeza y sonrió a Numair.

–Piensa en el deseo sexual que acumularemos hasta llegar a Zafrana. No puedo esperar a ver el escondite que has preparado para nosotros allí.

Numair apretó los labios.

–Les diré a tus hermanas que no vamos a llevarlas con nosotros, sino que regresarán a Zafrana en otro jet de mi flota.

–¡Lo dices en serio!

–Quince horas sin tocarte es algo muy serio.

–¿Y qué excusa vas a darles para no llevarlas con nosotros?

–Que hemos cambiado de plan y que por motivos de trabajo haremos varias escalas en lugares donde no pueden hacer turismo ni ir de compras. Me aseguraré de que acepten encantadas el vuelo directo a casa que les ofreceré.

–¿Siempre tienes preparada una historia convincente como esa? Me gustaría que pasaras algún tiempo con mis hermanas, puesto que dudo que vuelvas a verlas en mucho tiempo. Aguanta sin tocarme unas horas, y estoy segura de que se quedarán dormidas en algún momento, entonces, te llevaré corriendo a la cama. Les pediremos a las azafatas que nos avisen cuando despierten.

–¿Y después qué? Saltarás de mis brazos, te pondrás la ropa y saldrás para fingir que has estado ahí fuera todo el tiempo.

–No, eso lo harás tú. Fingiremos que me has cedido tu habitación.

–¿Quieres que yo me separe de ti y salga con tus hermanas?

–Tendrás que salir tú porque puedes vestirte mucho más rápido que yo.

–Solo si estás de acuerdo en que salga solo con el pantalón.

–¡Por supuesto que no! –exclamó.

Ella suspiró y le acarició el torso, que acababa de imaginar desnudo.

–Oh, Numair, pondrías en peligro a cualquier mujer, sin importar su edad. Llevaremos a mis hermanas a casa, y no las asustarás, ni saldrás medio desnudo para comértelas cuando se despierten y nos interrumpan.

–¿Qué tal si les suministramos un sedante con la comida y que duerman durante todo el vuelo?

–No juegues con esas cosas. A ver si voy a ser yo quien se la coma y me quede dormida todo el viaje. Entonces, ¿qué ibas a hacer?

–Morirme de frustración. Está bien. Lo haremos a tu manera, pero si no se duermen…

–Se dormirán –le besó la mano antes de colocarla sobre su corazón–. Anímate. Saldrá bien, ya lo verás.

–Contigo todo funciona de maravilla –dijo él–. Por eso estoy en este estado –la estrechó contra su cuerpo para que notara su miembro erecto y demostrarle que no podía aguantar más sin tocarla–. Eres mi Jenan. Mi locura. Cualquiera que se tome tu nombre a la ligera, o su significado, se arrepentirá.

–No vayas matando gente por mí, o me quedaré sin familiares.

–¿Familiares que te provocan y se burlan de ti? Merecen que acabe con ellos.

–Deja que yo libre mis propias batallas, ¿de acuerdo?

Él inclinó la cabeza.

–Hasta que me pidas que intervenga.

Jen lo besó en la barbilla y se retiró.

–Sobre Zee y Fay... Desde que eran pequeñas les encanta que las llame así. Sobre todo a Fayza. Odia su nombre más que yo el mío.

–Eres más una madre que una hermana mayor.

Era verdad. Aunque la madre de las chicas, la madrastra de Jen, estaba viva, nunca había tenido instinto maternal y desde un principio las había dejado a cargo de otras personas. Jen se ocupaba de ellas todos los veranos y durante las vacaciones.

–Son mis niñas, haría cualquier cosa por ellas.

–Yo siento lo mismo por mis hermanos.

Ella pestañeó.

–Creía que eras hijo único.

–Lo soy. Son hermanos que no son de sangre, sino con los que me han unido las circunstancias adversas de la vida.

–Tus socios de Castillo Negro.

Él asintió, pero no añadió nada más. Jen no insistió. Ya se lo contaría cuando él lo decidiera.

–Entonces, ¿las llamarás Fay y Zee? ¿Por mí?

–Por ti. Me has hechizado para que haga lo que pides. Nadie me ha hecho cambiar de opinión nunca. Eres muy buena en eso, *ya jenani*.

–Es justo, puesto que tú también me has hechizado.

Él abrió la boca para quejarse, y ella se puso de puntillas para acallarlo con un beso.

Antes de que él pudiera corresponderla, ella se separó riéndose.

–De todos modos no creo que tengas que preocuparte por ellas. Estoy segura de que se emocionarán tanto de estar contigo que en un par de horas estarán agotadas.

–En ese caso, vayamos a ver a esas chicas y permíteme que actúe para quitárnoslas del medio.

Riéndose, Jen salió a buscar a sus hermanas. Numair las invitó a tomar asiento y dio órdenes para que despegaran.

Al cabo de unos instantes, Fayza se volvió hacia él.

–Así que tú eres el empresario desconocido al que se le vendió este avión hace unos meses.

–Creo que te has confundido con otro avión –dijo él.

–En la feria de la aeronáutica de Shanghái vi un Boeing 737 de cien millones de dólares que hasta hace tres meses no se había presentado que se parecía mucho a este. Decían que habían hecho una réplica para un empresario desconocido.

Numair asintió.

–He oído hablar de ello, pero este jet tiene dos años y es producción de la multinacional Castillo Negro.

–¿Quieres decir que tu empresa también fabrica aviones? –preguntó Fayza asombrada–. ¿Y cómo se combina eso con ser uno de los empresarios más importantes del mundo en el sector de la inteligencia militar y del antiterrorismo?

–Veo que has hecho los deberes –dijo él.

Faya miró a Zeena y se sonrieron. Zeena habló.

–Hemos estado buscando en Google desde que Jen nos dijo que regresaríamos a Zafrana en tu jet.

–Muy eficientes. Y ahora que ya sabéis quién soy, ¿no teníais miedo de entrar solas en la guarida de la pantera?

–No estamos solas –soltó Zee–. Jen está aquí.

–¿Creéis que Jenan puede protegeros?

Zee asintió.

–Siempre lo ha hecho. Nunca permitiría que nos sucediera algo malo.

–Aunque resultara que tú fueras un tarado –dijo Fayza–, Jen puede con todo. Es cinturón negro de *kickboxing*.

–¿De veras? –se volvió hacia Jen y la miró de arriba abajo.

–No, mi época de competir ya terminó. Ahora solo practico para no engordar.

–¡Sigues siendo la mejor! –protestó Zeena.

–¡Es cierto! –convino Fayza.

–Estoy seguro de que lo es –dijo Numair, y miró a Jen–. Pagaría cualquier cosa por ver una demostración de tu talento.

–Puedes obtener una gratuita. Solo tienes que hacer un movimiento inadecuado.

–Es una lástima, porque nunca los hago. Mis movimientos son siempre calculados.

Zeena se rio.

–Es probable que esos también se consideren aptos para una demostración gratuita.

–¿Tú crees? –le preguntó a Jen.

–¿Por qué no pruebas a hacer uno y lo comprobamos?

Él negó con la cabeza.

–Me apuesto a que te reservas tus demostraciones para defender a otros. Sospecho que una buena demostración solo tendría lugar si corriera peligro el bienestar de tus hermanas –se volvió para mirarlas y ellas se agarraron como asustadas. Él se rio–. Tranquilas, le prometí a tu hermana que no os comería.

–No le hagáis caso. No dejará de comeros solo porque lo haya prometido, sino porque no sois su dieta principal.

–Es cierto. Los de mi especie consideramos que las jóvenes son hierba, y nosotros comemos carne, bebemos sangre y trituramos huesos.

Durante unos instantes las chicas no estaban seguras de si él hablaba en serio o no, pero después comenzaron a reírse a carcajadas.

–¡Somos hierba! –exclamó Fayza riéndose.

–Sí. Así que tened cuidado con las liebres y las ovejas, ellas son el verdadero peligro.

–¡No somos niñas pequeñas! –protestó Zeena.

–Lo sois. Sois tan pequeñas que apenas puedo veros –dijo Numair–. No obstante, pronto os haréis cada vez más grandes y vuestras preocupaciones crecerán con vosotras. Ser pequeño es bueno. Saboreadlo mientras podáis.

A Jen se le formó un nudo en la garganta a causa del rumbo que había tomado la conversación.

–Serán pequeñas mientras tengan una hermana mayor.

–Tener una hermana mayor como tú es una buena manera de estar protegida.

Los ojos de Numair expresaban ternura.

–¿Alguna vez fuiste pequeño? –preguntó Fayza.
Él se encogió de hombros.

–No tuve la oportunidad.

Jen tragó saliva al percibir el dolor que oculta-ban sus palabras. Ella había pensado que las cica-trices eran las marcas de su vida adulta, pero ¿sería de otra manera? ¿Cuál era la historia de su pasado?

–Sobre tu pregunta de antes, Castillo Negro tie-ne empresas y fábricas que producen de todo, des-de tornillos hasta aviones. Fabricamos todos nues-tros métodos de comunicación y transporte de principio a fin. De ese modo, conseguimos que todo esté hecho según nuestras especificaciones, y reduce los costes unos dos tercios o más, por no mencionar que nos da el control de nuestra segu-ridad electrónica y personal.

Las chicas lo miraron impresionadas. Zeena preguntó:

–¿Y cuánto te costó este avión al final?

–Alrededor de cincuenta millones –dijo él–. Si-gue siendo mucho, pero si lo hubiera comprado me habría costado ciento cincuenta. Se ha pagado gracias a los dos años que he viajado con él y du-rante los que he llevado cientos de personas clave para mis negocios. Caben treinta personas, y vuelo unas doscientas veces al año, por no mencionar otros beneficios que obtengo de él. No me he he-cho millonario despilfarrando en cosas que cues-tan más de lo que valen y que no sean una inver-sión.

Fayza se rio.

–Cincuenta millones es calderilla, si lo comparas con los quinientos millones que han pagado una de las familias reales por su jet privado.

Numair arqueó una ceja.

–Tendré que ir a buscarlo y librar al mundo de sus excesos.

Jen se cubrió la frente dramáticamente.

–No le deis ideas, chicas. Si no queréis deshaceros de alguien de verdad, no hagáis que Numair se fije en ellos.

Las chicas se rieron pensando que era una broma.

–¿Y cuáles son las especificaciones de ese jet? –preguntó Fayza.

–Es una mezcla entre un Boeing 737 y un 777, pero estás disculpada por pensar que era un 737, puesto que al ver el interior sin los asientos habituales no te da una idea estimada del tamaño, y también es un birreactor. Navega a siete mil millas náuticas, y aguanta dieciséis horas de vuelo sin parar antes de que haya que repostar. Tiene tres dormitorios, y en el salón hay un potenciador de señal de Internet. En caso de que queráis organizar una fiesta en el aire, decídmelo.

Ambas se quedaron boquiabiertas.

–¿Hablas en serio? –preguntó Fayza.

–Pregúntale a Jenan. Nunca ofrezco nada que no pueda cumplir.

Jen asintió.

–Habla en serio.

Las chicas gritaron de júbilo y le dieron las gracias a Numair. A pesar de que eran hijas de un rey, no se habían criado con ese tipo de lujos. Su padre las habría mimado a pesar de las malas condiciones económicas en que se encontraba Zafrana, pero Jen se había asegurado de que no lo hiciera para que no fueran unas niñas consentidas e insensibilizadas al exceso.

Sin embargo, que las mimara alguien que podía permitírselo no importaba. Y ellas estaban muy agradecidas. Por otro lado, Numair no parecía cómodo con tantos gestos de gratitud.

Para zanjar el tema, Numair le preguntó a Fayza.

–¿Y cómo sabes lo del otro avión? No pensaba que las chicas de tu edad pudieran estar interesadas en las ferias de aeronáutica.

Fayza se inclinó hacia delante.

–Quiero ser piloto, y me interesa todo lo que el hombre haya inventado para volar.

Y Jen estaba haciendo todo lo posible para que Fayza consiguiera cumplir su sueño.

–Sea lo que sea lo que necesites para cumplir tu sueño, estoy a tu servicio.

Cuando las chicas se percataron de que hablaba en serio, Fayza y Zeena comenzaron a mostrarle una vez más lo agradecidas que estaban.

Jen decidió intervenir y comenzó a participar más en la conversación. Después, durante la comida, la conversación se volvió cada vez más fluida.

Las chicas continuaron intentando averiguar la verdad acerca de por qué Numair estaba ayudando a Jen, y a ellas, qué era lo que buscaba y qué había sucedido durante los cuatro días anteriores. Numair esquivó sus insistentes preguntas, les ofreció respuestas que, sin ser mentira, no decían nada acerca de la verdad.

Jen estaba gratamente sorprendida de que, a pesar de que Numair hubiese mostrado reticencia a la hora de aceptar que sus hermanas subieran a bordo con ellos, las estaba tratando igual que las trataba ella, con cariño y complacencia, además de con firmeza y autoridad. Él se comportaba tal y como ella siempre había imaginado que se comportaría un hermano mayor. Jen sabía que estaba yendo muy deprisa, pero había dejado de preocuparse de aquello que pudiera suceder por el camino. Simplemente disfrutaría de aquel preciado regalo.

Con eso en mente, se dedicó a estar con las tres personas que más quería en el mundo, confiando en que sus hermanas se quedaran dormidas pronto.

Numair se detuvo en lo alto de las escaleras de su jet y miró hacia el reinado que no había visitado desde que era un niño. La mitad de su herencia.

Inquieto, se volvió hacia la persona que lo había cautivado. Jenan estaba más atractiva que nunca. Y juntos bajarían a la tierra a la que ella había renunciado por elección y que él había perdido por traición. Estaba dispuesto a reclamarla y a convertirla en un lugar donde ella pudiera sentirse plena y feliz, el hogar que se merecía.

Para que nadie pudiera interferir en su relación, debía mantener retiradas de él las manos que lo habían vuelto loco de deseo y placer durante cuatro días seguidos. Se deleitó al ver que parecía saciada y relajada. Las chicas se habían dormido y él había disfrutado de Jenan entre sus brazos durante diez horas.

Cuando las hermanas de Jen aparecieron detrás de ellos, él se volvió para mirarlas. Se sorprendió al pensar que le caían bien, y que estaba dispuesto a complacerlas y a defenderlas, y no solo porque fueran familia de ella. Las chicas lo miraron y sonrieron con cariño, y juntos bajaron las escaleras hasta la limusina que los esperaba.

Nada más entrar en la sala VIPS, las chicas corrieron junto a sus amigas, cuando oyó una voz grave por detrás.

–Jenan.

Al darse la vuelta vieron que un hombre alto se dirigía hacia ellos con rostro furioso. Numair lo reconoció a la primera. Era Najeeb Aal Ghaanem. El príncipe de la corona de Saraya. Su primo y el hijo mayor de su tío el asesino.

Entonces, al ver que Najeeb agarraba a Jenan por los hombros con fuerza, Numair estuvo a punto de estallar.

–Interrumpí mi visita tan pronto como me enteré. Anoche fui a Nueva York, pero no te encontré, ni a ti ni a nadie que pudiera contarme lo que había sucedido. Llamé al rey Khalil, me dijo que estabas de regreso a casa, así que vine a esperarte

–apretó los dientes–. Esta vez mi padre ha traspasado todos los límites. No se me ocurre cómo puedo disculparme, pero no te preocupes, pondré fin a todo esto.

Incapaz de soportarlo más, Numair agarró a Jenan del brazo y la atrajo hacia sí.

–Yo pondré fin a todo esto.

Najeeb pestañeó, como si acabara de percatarse de que Jenan no estaba sola.

Al ver que el hombre lo miraba fijamente a los ojos, Numair tuvo que contenerse para no golpearlo. Era un hombre atractivo, y parecía amable y sofisticado. Justo lo contrario a su aspecto salvaje y despiadado.

Deseaba matarlo por haber agarrado a Jen de esa manear. Y por haberla llamado Jenan pero, sobre todo, por existir y por ser mejor opción para ella de lo que él nunca sería.

–¿Quién diablos eres tú? –preguntó Najeeb.

Numair dio un paso adelante para enfrentarse a él, pero Jenan se metió en medio. Apoyó las manos en los torsos de los hombres y los empujó hacia atrás con firmeza. Después, miró a uno y a otro y sonrió con dulzura.

–Permitid que esta mujer indefensa haga las presentaciones. Numair, te presento a Najeeb Aal Ghaanem, el príncipe de la corona de Saraya y el hijo mayor de mi prometido. Najeeb, este es Numair Al Aswad, un magnate del sector de la inteligencia y el antiterrorismo… Y mi amante.

Capítulo Siete

Jen permaneció con mucha sangre fría entre los dos hombres hasta que ambos abandonaron su duelo visual y la miraron boquiabiertos.

Najeeb era la persona más honorable que había conocido nunca. Lo admiraba desde que era muy pequeña, y siempre había deseado que pudieran tener una relación más cercana. Él era exactamente el hermano mayor que siempre había deseado tener. Por eso sabía que podía decirle cualquier cosa.

—Está bien, Jenan, has conseguido tu objetivo. Me has parado los pies. Muy eficientemente. Siento haber actuado así, pero me quedé de piedra desde que oí lo que mi padre había conseguido que aceptaras. Estaba dispuesto a destrozar su plan… —fulminó a Numair con la mirada—, o a cualquiera que se interpusiera en mi camino.

Ella suspiró.

—No pretendía sorprenderte para que te detuvieras, y por eso he recurrido a la verdad. Es más sorprendente que cualquier mentira.

Najeeb la miró con incredulidad y carraspeó:

—¿No estás bromeando?

—Empleando la frase favorita de alguien que

también está presente, nunca he hablado más en serio.

—¿Cómo…? —miró a Numair y exclamó—. ¡Eres Numair Al Aswad!

—Así que ahora ya me reconoces.

—Ojalá no lo hiciera —Najeeb se volvió hacia Jen—. ¿Cómo diablos te has liado con un hombre como él?

—Si tienes preguntas, o algo que decir, habla conmigo.

Jen levantó las manos.

—Chicos, por favor, controlad vuestros misiles de testosterona. Estoy justo en medio y vuestra agresividad me revuelve el estómago.

Ambos se disculparon a la vez, se miraron, comenzaron a hablar de nuevo y volvieron a quedarse en silencio. Ella los miró durante unos instantes y vio algo en lo que no había reparado antes. Se parecían mucho entre sí. Si los hubiese conocido por primera vez habría pensado que eran parientes, incluso hermanos. Ambos hombres tenían la misma complexión y altura, pero el cuerpo de Najeeb reflejaba el hombre poderoso que era y el de Numair el de un monstruo peligroso.

Cuando los hombres comenzaron a discutir otra vez, ella los agarró del brazo.

—¿Podéis dejar de asustar a todo el mundo? ¿Podemos solucionar esto en privado?

***

Terminaron en casa de Numair.

El escondite que había preparado para estar con ella. Sin carreteras en los alrededores, el único medio de transporte para llegar hasta allí era el helicóptero.

Aunque ella había vivido en un palacio real, aquel lugar la dejó asombrada. El lugar estaba rodeado de desierto, pero una vez dentro de la valla era como un paraíso. Construido de manera lujosa, el lugar estaba bien adaptado al entorno. En el jardín, había una gran piscina que terminaba convirtiéndose en un arroyo. Las palmeras rodeaban la propiedad y la separaban de las dunas del vasto desierto. El lugar era un auténtico retiro de soledad.

Ella no podía esperar para estar a solas con él, pero debían solucionar el problema con Najeeb. Y sobre todo tenía que hacer lo posible para que Numair y Najeeb cambiaran la impresión que habían tenido el uno del otro. Numair la hizo sentar en uno de los divanes llenos de almohadones. Ella intentó atraer su mirada para compartir la intimidad de la que habían gozado desde la primera noche que habían pasado juntos, pero él estaba centrado en Najeeb. Era evidente que aborrecía tener a Najeeb cerca. Cuando se sentaron, los hombres se acomodaron enfrente de Jen. Najeeb se volvió a ella y dijo:

–Soy todo oídos.

–¿Qué quieres oír?

–La verdad.

–Te la he contado desde un principio, pero si quieres que te cuente cómo han sucedido las cosas por orden cronológico, lo haré. Te negaste a casarte conmigo para servir a los planes de expansión que tenía tu padre y desapareciste. Él decidió que haría lo que tú no quisiste hacer y que se casaría conmigo. Acorraló a mi padre y mi padre tiró la pelota a mi campo. Yo tuve que recogerla, porque sabía que si no lo hacía, obligarían a casarse a una de mis hermanas. Entonces, llegó la fatídica tarde de hace cinco días y conocí a Numair. El resto ya te lo he contado.

–*Ya Ullah,* me marcho dos semanas y ocurre todo esto –Najeeb intentaba asimilar los sucesos que su padre había puesto en marcha. De pronto, la expresión de su rostro reflejaba rabia–. En el aeropuerto él dijo que pondría fin a esta situación. ¿Es esto lo que te prometió a cambio de que te convirtieras en su amante? ¿Es así como te forzó a acostarte con él tan pronto?

Antes de que ella pudiera decir algo, Numair dijo en tono furioso.

–Él no obliga a las mujeres a mantener relaciones sexuales. Y sugerir que lo he hecho es una ofensa a Jenan. Ella nunca será obligada a hacer algo así por ningún motivo.

–Jenan es una heroína y pagaría cualquier precio por salvar a aquellos a quienes quiere. Estaba obligada a casarse con mi padre por el bien de su familia.

–Jenan está aquí sentada –dijo ella–. ¿Qué os

parece si hablamos entre nosotros? –miró a Najeeb–. Estoy con Numair porque quiero estar, porque lo deseo. Espero que esto responda a tus preguntas y podamos cerrar el tema.

Najeeb la miró, claramente sorprendido de que ella hablara tan abiertamente de su relación con Numair, ese peligroso desconocido del que él parecía saber más que ella.

–Eres una de las personas más emprendedoras y avanzadas que conozco, Jenan. Para que una mujer de nuestra región consiga lo que tú has conseguido tiene que ser más poderosa que un hombre que pretenda conseguir lo mismo. Siempre he admirado tu fortaleza y voluntad, cómo te escapaste de los grilletes de tu posición social y te enfrentaste a la censura de nuestra cultura y a la persecución social. Me siento orgulloso de todo lo que has conseguido, y de que tus decisiones y actos hayan demostrado que era lo correcto para ti. Además, siempre he pensado que tenías buen ojo, pero no voy a mentirte diciéndote que esta vez no tengo mis dudas.

–¿Crees que no sé lo que estoy haciendo? –se encogió de hombros–. Tienes derecho a sentirte como quieras acerca de esto, y yo a hacer lo que quiera… Y resulta que lo que quiero es estar con Numair. Solo te pido que no cuentes nada de lo que te he contado hasta que yo diga.

–Si no quieres que los demás lo sepan, quizá sea un indicativo de que lo que sientes puede no ser correcto.

–Vamos, Najeeb, ya sabes por qué es. En nuestra región es mejor ocultar todo aquello que de verdad te importe. La gente no tiene el concepto de los límites, y opinan de todo aquello que se hace público, interpretándolo según sus valores de mente estrecha para sabotearlo. Sabes que cuando me afecta a mí solo, no me preocupa lo que la gente piense, pero esta vez...

Najeeb levantó la mano.

–No tienes que convencerme de nada, ni pedirme que te guarde el secreto. Nunca compartiría con nadie nada de lo que tú me contaras, o de lo que averiguara de ti por mi cuenta.

–¿Y por qué crees que te lo he contado a ti, cuando ni siquiera se lo he contado a mis hermanas?

–Ni se te ocurra contárselo. Ya deben de estar haciendo todo tipo de especulaciones después de haberte visto con él. No eches leña al fuego confirmándoselo.

Ella se rio.

–Es justo lo que yo pensaba, y por eso solo lo sabes tú.

Él respiró hondo.

–Solo lo sé yo. *Ya Ullah, ya* Jenan... Solo espero que no te arrepientas toda tu vida, y que no pagues un precio muy alto por ello.

Numair intervino con tono calmado.

–Así que has cambiado de estrategia. Puesto que no has conseguido avergonzarla o hacerla dudar acerca de su decisión, intentas conseguir que sienta miedo de mí.

Najeeb lo miró fijamente.

—Si no te tiene miedo, es que no sabe quién eres en realidad. Tú, señor Al Aswad, eres un hombre temible. Un hombre al que es mejor evitar a toda costa.

Numair inclinó la cabeza.

—Tienes mucha razón, príncipe Aal Ghaaem. Soy mucho más que eso. Con todo el mundo excepto con Jenan.

Era evidente que Najeeb había captado el mensaje de Numair, él era el que más debía temerlo y evitarlo.

—¿Estás diciendo que vas a cambiar tu modo de comportarte por ella? ¿O que eres diferente con ella? —Najeeb se volvió hacia Jen—. ¿Y tú te lo has creído?

—Te he dicho que te dirijas a mí. Y no volveré a decírtelo.

—¿Qué tal si te guardas las amenazas para alguien que las tenga en cuenta?

—Si tú no las tienes en cuenta, significa que no me conoces tan bien como crees.

Después de haber oído suficiente, Jen se puso en pie.

—Está bien, empieza a dolerme el cuello de tanto miraros. ¿Puedo intervenir para recordaros que estáis en el mismo lado?

Numair y Najeeb la miraron sorprendidos. Ella soltó una carcajada.

—*Ya Ullah*, estáis tan ocupados tratando de demostrar lo machos que sois que no os habéis parado a pensar en ello. Siento decíroslo, pero es cierto. Ambos queréis detener el plan de Hassan y ayudar para liberar a Zafrana de sus garras. Y lo más importante, ambos queréis lo mejor para mí –al ver que no contestaban, inquirió–: Queréis lo mejor para mí, ¿no?

–Sabes que yo…

–Sabes que yo…

En cuanto los hombres se percataron de que estaban respondiendo a coro, se miraron con furia.

Y ella soltó una carcajada.

–¿Lo veis? No solo queréis lo mismo, sino que también decís lo mismo. Si los dos queréis lo mejor para mí, prometedme que haréis lo posible para que no preocupe de si os mataréis en cuanto me dé la vuelta. ¿Me dais vuestra palabra?

Najeeb la sorprendió una vez más al ser el primero en asentir. Ella esperaba que hubiera sido Numair, pero al parecer la antipatía que sentía hacia Najeeb estaba interfiriendo con sus prioridades. Era extraño. Al final, Numair asintió y dijo:

–Por ti.

Jen los miró y añadió:

–Puesto que soy la que más se juega en esta situación, ¿qué os parece si permitís que yo dirija la conversación?

Ambos asintieron y ella sonrió.

–Sé que ambos pretendéis resolver esta crisis, así que, ¿os parece que hablemos de cuál es vuestro plan? A lo mejor juntos podéis idear un plan más eficiente.

–Mi plan no necesita ser más eficiente –dijo Najeeb–. Obligaré a que mi padre se retracte.

Numair miró a Najeeb con expresión irónica.

–Qué coincidencia. Ese es mi plan.

Jen se rio de nuevo.

–¿Lo veis? Sois tan parecidos… Casi gemelos –al ver que la miraban enojados, los tranquilizó–. Ninguno va a admitirlo ahora, pero algún día os daréis cuenta de que tengo razón. Sin embargo, tenemos cosas más importantes entre manos, y habéis admitido que tenéis el mismo objetivo, así que, ¿qué tal si compartimos los detalles de vuestro plan para obligar a Hassan a retirarse?

Ninguno de los dos terminó compartiendo los detalles de su plan. Ni prometiendo que colaboraría con el otro. Sin embargo, la hostilidad que había surgido entre ellos terminó disipándose.

Al menos, por parte de Najeeb. En cuanto a Numair, parecía que se había protegido tras una coraza impenetrable, y que evitaba que ella pudiera leer su pensamiento y que tuviera que imaginarse cuál era la verdad. No podía preguntárselo, y no porque Najeeb estuviera presente, sino porque nunca indagaría sobre aquello que Numair no le contara voluntariamente.

Najeeb, por otro lado, era algo completamente diferente. Ella había insistido en que se quedara a cenar y él había aceptado, relajándose a medida que avanzaba la velada. Le preguntó a Numair acerca de su trabajo, claramente interesado y hasta impresionado. Incluso terminó preguntando si Numair podría emplear su experiencia e influencia en colaborar con él en su trabajo humanitario. Numair se había mostrado reacio a ofrecerle una respuesta y ella tenía la sensación de que no era por no querer ayudar, sino por no implicarse con Najeeb. No obstante, Najeeb era un gran negociador y consiguió que le hiciera una promesa.

Cuando consiguió hablar a solas con Najeeb, mientras Numair atendía una larga llamada, él le ofreció su opinión acerca de la situación.

Admitió que se había equivocado y que tanto su opinión acerca de Numair como su relación con él habían cambiado de manera radical. Reconocía que la trataba con mucho respeto y consideración y que se notaba que estaba loco por ella y que deseaba protegerla.

Antes de que él se dirigiera hasta el helicóptero que lo esperaba para llevarlo al aeropuerto, Najeeb se rio y dijo que al parecer la Pantera Negra de Castillo Negro había encontrado alguien que la domara. Siempre había oído que los depredadores más peligrosos, una vez domados, se convertían en los mejores gatos de compañía.

–Creía que no iba a marcharse nunca.

Jen se alegró al ver que Numair aparecía de la nada y la tomaba en brazos.

Ella se agarró a su cuerpo y él comenzó a caminar hacia la casa mientras la besaba en el cuello. Una vez en el interior, la llevó hasta el dormitorio más impresionante que ella había visto nunca. Aunque estaban completamente solos, Numair cerró la puerta, como de costumbre.

Mientras él la llevaba hasta la cama, ella se fijó en la exquisita decoración y en las antigüedades y muebles artesanos típicos de Zafrana. Lámparas de bronce colgaban del techo y en las paredes había varios candelabros. En el suelo había grandes alfombras de lana tejida a mano, en las que se combinaba el rojo oscuro, los marrones y el color miel. De pronto, ella se percató de que el color de aquel lugar era similar al de su persona.

En un principio ella pensó que Numair había comprado el lugar amueblado, pero aquello no podía ser una coincidencia. Él debía de haberlo hecho para ella, en correspondencia al dormitorio que ella tenía en Nueva York. Sin embargo, no podía imaginar cómo ni cuándo había conseguido encargar todo aquello. Era otra prueba de que Numair era incluso más poderoso de lo que ella podía imaginar.

Había ido más allá aparte de combinar los colores con los de ella. Por ejemplo, sobre la mesa había unos prismáticos y, junto a la puerta de la terraza, un telescopio, para que pudiera mirar los animales que merodeaban por los alrededores y las estrellas por la noche. No obstante, lo que provocó que los ojos se le llenaran de lágrimas fue el caballete con todo tipo de lienzos y material de pintura.

Ella pintaba, y él se había fijado en que la mayor parte de los cuadros de su apartamento eran paisajes del desierto. Pensando en que su estancia allí estimularía su creatividad, él le había proporcionado todo lo necesario para que la desarrollara.

Antes de que ella pudiera darle las gracias por ser tan detallista, él abrió las puertas de la terraza y salió hasta otra piscina más pequeña. Numair quería hacer el amor ahí fuera, con el cielo y las estrellas como único cobijo.

En mitad de la terraza había un gran colchón cubierto con un cubrecama de color caoba. Él se arrodilló sobre el colchón sin dejar de abrazarla antes de posarla sobre las sábanas de color crema y colocarse sobre ella.

Jen suspiró y lo rodeó con las piernas. Respiraba de manera acelerada y estaba temblando. Habían pasado doce horas sin que él le hiciera el amor, pero por cómo reaccionaba ante cada una de sus caricias le parecían doce días.

Al cabo de unos momentos, estaba completamente desnuda y él la besaba por todo el cuerpo, provocando que se sintiera deseada y venerada.

Después, él se incorporó para desnudarse y ella permaneció tumbada, contemplando su cuerpo perfecto.

Numair se arrodilló de nuevo y estiró la mano para acariciarle el miembro erecto. Era como si hubiese sido esculpido por los dioses de la virilidad.

En respuesta a sus caricias, él se estremeció. Ella sintió que se le agrandaba el corazón. El hecho de que Numair perdiera el control y mostrara abiertamente su deseo era muy significativo para Jen.

Lo que ella sentía no solo tenía que ver con el deseo sexual, sino con Numair como persona y con la necesidad de estar unida a él.

–Numair, poséeme… –suplicó ella con desesperación.

Él se inclinó sobre ella y la tomó en brazos para que ella le rodeara la cintura con las piernas. Después, la sujetó con una mano, se apoyó en la otra, y la penetró.

Jen gritó al sentir la invasión de su miembro, pero esa vez él no se asustó. Sabía que gritaba por sentir todo su poderío en su interior. La penetró de nuevo y ella pidió más, sabiendo que podía darle más, siempre y cuando ella pudiera resistir.

La excitación cada vez era más intensa. Jen lo miró a los ojos mientras Numair continuaba en su interior y comenzó a gemir a modo de súplica. Entonces, él se inclinó una pizca, la penetró de nuevo y provocó que llegara al clímax.

Los orgasmos se sucedieron una y otra vez. Él la besó acallando sus gemidos de placer, y rugió como rugen los depredadores. En el avión, después de haber hecho el amor la última vez, él le había dicho que terminaría muriendo entre sus brazos a causa de una sobredosis de placer. Y cada vez que se encontraban daba la sensación que aquella profecía se podría cumplir.

Cuando ella se derrumbó bajo el cuerpo de Numair, él se detuvo un instante y comenzó a moverse de forma rítmica otra vez, provocando que ella gimiera desesperada y le suplicara que se dejara llevar hasta el éxtasis a su lado.

Satisfecho por ver que había conseguido excitarla de nuevo, se abandonó y llegó al clímax en el interior de su cuerpo. Tensó la musculatura del trasero, y derramó su esencia en su vientre, rindiéndose ante el poderoso deseo que se había adueñado de ambos.

Al sentir que derramaba su semilla en su interior, y tras desear que se implantara para crear la nueva vida que ambos deseaban, ella experimentó otro orgasmo mucho más poderoso que el anterior.

Se rindió ante el placer absoluto y el mundo se desvaneció como de costumbre, sin que existiera nada más que él y estar junto a él.

Cuando Jen se despertó de nuevo, estaba tumbada sobre él, bajo una colcha gruesa y con la suave brisa del desierto acariciándole el cabello.

Sin moverse, lo besó en el torso, sobre el corazón.

–Gracias.

Él soltó una risita y contestó:

–Gracias a ti también.

–No te doy las gracias por haberme vuelto loca de placer. La palabra gracias no hace justicia a lo que me provocas.

Numair la tumbó de lado para poder mirarla.

–Entonces, ¿por qué me das las gracias?

–Deberías preguntarme por qué cosas no te las doy –le acarició la barbilla al ver que fruncía el ceño–. Tienes que trabajar para ser capaz de aceptar la gratitud.

–Lo que sea que pienses que he hecho...

Jen lo besó en los labios para que se callara.

–Lo que haces continuamente no es una cuestión de opinión, sino hechos tan concretos y maravillosos como tú.

–Todo lo que hago por ti es un placer para mí y un privilegio.

–Bien, pero yo sigo teniendo el placer y el privilegio de agradecértelo todo el tiempo, así que vete acostumbrando.

Él la miró pensativo.

–Creía que hoy no tenías mucho que agradecerme. Es evidente que consideras que Najeeb es un apreciado amigo, y yo me lancé a su cuello y no fui amigable con él mientras estuvo aquí. He sido un pésimo anfitrión.

–Yo ya sabía que no serías amigable, Numair.

–¿Como Najeeb, quieres decir? El caballero perfecto. La personificación del príncipe azul.

–¿Se trataba de eso? –preguntó ella, asombrada–. ¿Estabas celoso?

Numair la miró fijamente.

–Tremendamente –arqueó una ceja–. Incluso peligrosamente.

Jen se quedó boquiabierta.

–Pero si somos como hermanos. Incluso nos negamos a casarnos y por eso se armó este lío.

–Racionalmente lo sabía, pero la bestia no podía comprender que su pareja se sintiera tan cómoda con otro hombre –ella se estremeció al oír la palabra pareja.

Numair le agarró un mechón de pelo y se lo besó.

–Percibí que vuestra relación estaba basada en la confianza y me sentí como un extraño.

¿Era inseguridad lo que se veía en su mirada? ¿Numair? ¿Era posible?

Ella lo abrazó.

–Los pocos días que he pasado contigo significan mucho más para mí que todos los años que he pasado con otras personas. Me siento más unida a ti de lo que me he sentido con nadie en toda mi vida. Y nunca he deseado a un príncipe azul. Te deseo a ti, el hombre que a primera vista me pareció un bandido despiadado.

–Entonces, ¿no te sientes decepcionada por haberme comportado como un canalla con tu amigo?

–No puedes evitar lo que sientes, pero hiciste lo que te pedí. Dejaste de enfrentarte a él, y lo invitaste a tu casa a pesar de que querías estar conmigo a solas durante nuestra primera visita…

Numair la tumbó de espaldas y se inclinó sobre ella.

–Y en todas las demás. A partir de ahora Ameen solo vendrá cuando nos marchemos, para limpiar y mantener el lugar, pero mientras estemos juntos no vendrá nadie más. Y es nuestra casa, no la mía. De hecho, compré este lugar para ti. Es tuyo.

Ella pestañeó.

–¿Qué quieres decir con que la compraste para mí?

–Quiero decir que la he puesto a tu nombre.

–¿Qué?

–Tengo una copia del contrato aquí, y he enviado otra a tu representante legal. Este lugar es para ti. Solo pido tener el privilegio y el placer de compartirlo contigo.

–Pero… Pero…

Numair la besó de forma apasionada.

Cuando se separaron, él dijo:

–Mañana iré a resolver la crisis de tu padre y de tu reinado. Ahora duerme conmigo bajo las estrellas, en este paraíso donde solo existimos tú y yo, *ya habibati*.

Jen se acurrucó contra Numair y, al cabo de un minuto, él se había quedado dormido.

Sin embargo, ella no podía conciliar el sueño. Cada vez que recordaba las últimas palabras de Numair, se le entrecortaba la respiración.

Había dicho *ya habibati*.

Y no fue durante los momentos de pasión.

«Querida». «Mi amor».

Capítulo Ocho

–Deberías haberme dicho que te vería en el escenario de *Las mil y una noches*, habría venido disfrazada.

Numair miró al hombre que se acercaba a él desde el helicóptero. Richard Graves. La última persona que habría imaginado que pudiera ir a ayudarlo.

Dos años mayor que él, Richard había sido Cobra durante los dieciséis años que habían coincidido en la prisión de La Organización.

Sin embargo, él no era uno de sus hermanos. Había sido uno de sus carceleros. Y su mayor enemigo. Más tarde se había convertido en su socio. Era complicado de explicar.

Richard miraba a su alrededor contemplando el extenso desierto que rodeaba la casa de Numair.

Sí, su casa. Era en lo que se había convertido aquel lugar durante las últimas seis semanas. Su primera casa. Allí donde Jenan estuviera a su lado, sería su casa. Aunque fuera a tiempo parcial como en aquellos momentos en los que ella pasaba los días con él haciendo el amor, dirigiendo sus negocios a distancia y regresando al palacio por la noche para guardar las apariencias.

–Así que al final has echado raíces, ¿no? ¿Contento? –Richard se acercó y lo miro a los ojos. Era el único hombre que lo igualaba en fuerza, poder y crueldad.

Numair miró al hombre al que había odiado durante los últimos veinticinco años. El hombre que antes había sido su mejor amigo.

Nunca habían hablado de ese corto periodo en el que eran lo más importante el uno para el otro. Ni entre ellos, ni con otras personas. Lo único que sabían sus hermanos de Castillo Negro era que Richard y Numair eran enemigos. Sus hermanos habían pasado veinte años preguntándose por qué, pero ni Richard ni él le habían ofrecido una explicación. Lo que había ocurrido entre ellos había sucedido antes de que Numair convirtiera a los demás en parte de su equipo. Y había sido imperdonable. Richard debía estar agradecido porque Numair no lo hubiera matado cuando tuvo la oportunidad.

Y lo habría hecho si no hubiera sido por Rafael Salazar, su hermano más joven. Richard había sido el responsable de Rafael, y Rafael había creado un lazo inquebrantable con él, considerándolo su mentor, o incluso su hermano mayor. Cuando Richard dejó La Organización y los localizó siguiendo la pista a Rafael, Numair y el resto decidieron eliminarlo. Lo consideraban enemigo, y una amenaza mortal para sus nuevas identidades.

Sin embargo, Rafael se había enfrentado a ellos, insistiendo en que confiaba en Richard con su vida, y que si lo mataban tendrían que matarlo también a él.

La firme postura de Rafael los había obligado a confiar en él y retractarse. Aunque Richard no se lo puso fácil, advirtiéndoles de que correrían mucho peligro si se enfrentaban a él.

Rafael había acertado, puesto que Richard no había dado problemas. Numair sospechaba que había sido debido a que Richard consideraba a Rafael como su hermano pequeño. Había matado por él, y moriría por él, así que no se arriesgaría a que él perdiera la vida junto al resto. Numair no deseaba tener nada que ver con ese canalla, sin embargo, se había visto obligado a colaborar con él en la construcción de la multinacional Castillo Negro. Siendo pragmático, él había sabido que Richard era el único que tenía el conocimiento, el talento y el poder que él necesitaba para construir algo invulnerable. Su especialidad era la inteligencia militar, el espionaje y el antiterrorismo, lo que permitía que pudiera encargarse de los asuntos políticos y criminales a los que se enfrentaba una empresa de su tamaño y magnitud. No obstante, Richard era un experto especialista en seguridad, que se encargaba de lidiar con los peligros el día a día, y con los asuntos de seguridad del mundo real y cibernético, capaces de destruir cualquier negocio.

Así que se habían convertido en socios; pero no habían cambiado sus posturas. Siempre serían adversarios.

Richard puso una mueca al oír que él contesta-
ba con sarcasmo:

–Debí de imaginar que venías de esas tierras,
donde las venganzas son tradicionales y se cultivan
como fuente de honor y gloria. Parece que no puedes evitar lo que eres. Lo llevas en los genes.

Normalmente, él conseguía que Richard entra-
ra al juego de sus provocaciones, pero en esa ocasión Numair no podía permitírselo. Y menos cuando aquella víbora tenía algo que él necesitaba.

Richard sonrió con cinismo, metió la mano en
el bolsillo de su pantalón y, sin soltar el maletín
que llevaba en la otra mano dijo:

–Veo que te has instalado en un lugar acorde a
tu futuro estatus hasta que consigas el palacio real
de Saraya –lo miró de forma desafiante–. Incluso
te has conseguido a la princesa del lugar.

Numair se enfureció, pero se contuvo para no
despellejar a Richard con vida. Quería obtener el
maletín con los mínimos problemas posibles.

Era evidente que Richard tenía otros planes.

–Al principio pensé que la estabas utilizando
para estropear los planes de Hassan. Creía que me
habías pedido ayuda para desbloquear las finanzas
de Zafrana con el fin de privarlo de su poder y de-
bilitarlo antes de rematarlo. Sin embargo, después
continuaste saliendo con ella y me percaté de que
tus actos iban dirigidos a conseguir que tanto ella
como su padre estuvieran en deuda contigo y de-
pendieran de ti. No solo quieres el trono de Saraya, también quieres el de Zafrana.

Numair no pudo contenerse más. Agarró a Richard con fuerza por el brazo y dijo:

—Guárdate tus teorías para ti, Cobra, y no vuelvas a mencionar a Jenan.

—¡Por favor! ¿Tú también, Fantasma?

Numair sabía exactamente lo que Richard quería decir. Dos de los hermanos de Numair habían sucumbido a lo que anteriormente consideraban una enfermedad que ninguno de ellos era susceptible de contraer: el amor. Rafael se había casado con la hija del hombre que él había pensado que lo había vendido a La Organización, y Raiden se había casado con la mujer que le habían enviado como cebo.

—Aparte de mí, eres el último hombre en la Tierra que esperaba que pudiera enamorarse.

Si Richard esperaba que él lo negara, se equivocaba. En cuanto pudiera lo anunciaría a voz en grito si era necesario.

Él mismo ya lo había aceptado. Se había enamorado de Jenan. Se sentía como si se hubiera convertido en una extensión de sí mismo, una parte sin la cual no podría vivir. Nunca había imaginado que pudiera depender de alguien, ser autosuficiente había sido el principio básico de su vida. Ni siquiera había dependido emocionalmente de sus hermanos, únicamente para aspectos prácticos y de supervivencia. Nunca había sentido que moriría si los hubiera perdido. No obstante, era lo que sentía por ella. Y más. Ella era todo lo que necesitaba para vivir.

Sin embargo, Jenan no le había declarado su amor. Él tampoco, aunque la había llamado amor mío con toda sinceridad.

–¿En serio? –la pregunta de Richard lo hizo volver a la realidad–. ¿Vas a ser uno de esos hombres que se vuelven locos solo con pensar en su amada?

–He dicho que Jenan queda fuera de toda conversación. Ni siquiera te permito que pienses en ella.

–¿Ah, no? ¿Tienes la manera de aplicar esa prohibición?

–Si quiere conservar tus atributos, cállate, dame el maletín y márchate.

–¿Que me marche sin hacer una visita por este lugar?

–Podría arrancar el maletín de tu cadáver, Cobra.

Richard se rio.

–Prefiero morir otro día, Fantasma –levantó el maletín y lo estrechó contra su pecho–. He volado quince horas para llegar hasta aquí. ¿No merezco que por lo menos me invites a una copa?

–No. Dame los malditos documentos.

–¿Así, sin más? No me llevo nada a cambio.

–Sí. Te debo un favor. Recuérdalo cuando lo necesites.

–Lo necesito ahora. Quiero esa copa.

Numair resopló con frustración. Siempre le quedaba la posibilidad de darle una paliza a Richard. El problema era que Richard también le haría daño, y no podía permitir que Jenan regresara y lo encontrara herido y lleno de sangre. Así que no contemplaba esa opción.

–Además, quiero conocer a la mujer que ha conseguido hacer que te arrodilles.

–Puedes pedir cualquier cosa que tenga el mismo valor de lo que me das. Todo lo que tenga que ver con Jenan no tiene precio, y nunca será una opción, ni para ti ni para nadie. Y ahora que te has atrevido a pedirme tal cosa, no te ofrecería ni un sorbo de agua ni aunque te estuvieras muriendo de sed, así que será mejor que abandones y te largues de aquí.

Richard colocó el maletín detrás de su cuerpo.

–Sabes que nunca me rindo. Y no voy a marcharme. ¿Qué vas a hacer? ¿Matarme? ¿Tal y como deseas hacer desde hace veinticinco años?

–¿Eso es lo que hace falta para librarme de ti?

Richard lo retó con la mirada y Numair se preparó para pelear con él, pero el ruido de un motor hizo que se detuviera.

El helicóptero en el que Jenan.

Al ver que Numair abandonaba el enfrentamiento y se dirigía a la pista de aterrizaje, Richard soltó una carcajada.

Numair se detuvo en el lugar donde solía esperarla y observó el aterrizaje. Al momento, Richard apareció a su lado.

–Supongo que será tu amada. Llega en el momento oportuno. Después de todo, voy a conocerla.

–Has programado tu llegada para poder interceptarla.

Richard lo miró con incredulidad.

–Madre mía, estás mucho peor de lo que imaginaba. ¿Cómo iba a saber cuándo viene a visitarte?

–Sabes todo lo que quieres saber.

–Es cierto, pero solo si hubiese querido saberlo. Y hace unos instantes ni siquiera sabía que esa mujer era tan importante para ti. ¿Para qué iba a haber tratado de interceptarla?

Eso tenía sentido para Numair. Era posible que estuviera siendo paranoico.

Por si acaso, agarró a Richard por la solapa de la chaqueta y lo atrajo hacia sí.

–Escucha, Cobra, si alguna vez has pensado que era tu enemigo, no es nada comparado con lo que seré si te pasas de la raya. Estoy en deuda contigo por conseguir los originales firmados de los documentos que liberan los últimos bonos y acciones de Zafrana, pero únicamente estás aquí porque insististe en que eran demasiado importantes como para confiárselos a un mensajero. Debí suponer que no habías venido porque te importaran los documentos, ni mis planes.

–¿No? Si no me importasen, ¿por qué iba a ayudarte? Podría haberte mandado al infierno.

–¿Me estás diciendo que ahora te importa si vivo o muero? Somos tú y yo, Cobra, ¿recuerdas?

–Como si hubieses permitido que olvidara. También recuerdo que una vez fuimos amigos íntimos.

–Sí, hasta que para poder ganarte el favor de tus superiores informaste de que estaba planeando

112

escapar. Todavía tengo las cicatrices de las torturas que me infligieron durante sesenta días seguidos, y que casi me cuestan la vida.

Richard lo miró un instante.

–¿Alguna vez te has preguntado por qué lo hice?

–No. Porque ya sabía el motivo. Eras un monstruo, Cobra. Y sigues siéndolo.

Tras mirarlo a los ojos con una expresión indescifrable, Richard se encogió de hombros.

–Igual que tú. O al menos lo eras, hasta que la princesa Aal Ghamdi entró en tu vida.

Numair miró hacia el helicóptero.

–No creas que lo que siento por ella me ha cambiado, Cobra. Un depredador con pareja es incluso más peligroso.

–Pero más vulnerable.

Antes de que él pudiera responder, se abrió la puerta del helicóptero y apareció Jenan. Numair se volvió y corrió a se encuentro.

Nada más estrecharla entre sus brazos, ella preguntó:

–¿Quién es ese?

Él apretó los labios para no blasfemar.

–Richard Graves. Mi socio.

–No es uno de tus hermanos de Castillo Negro, ¿verdad?

–No.

–Creía que Castillo Negro era exclusivamente una sociedad entre esos hombres a los que consideras hermanos y tú.

–Por desgracia, Richard es la excepción.

–¿Por desgracia? –soltó una risita–. ¿Y sigue con vida? Sin duda es una persona a la que merece la pena conocer. ¿Me presentas?

A mitad de noche, Numair despertó sobresaltado.

Se tranquilizó al sentir que Jenan estaba abrazada a su cuerpo. Después de que Richard se marchara habían hecho el amor durante horas. Para su sorpresa, Richard se había comportado con total galantería en presencia de Jenan. Y ella, de manera muy natural. Aun así, Numair deseaba matarlo.

Durante las semanas anteriores, a pesar de que todo había acontecido según sus planes, nada se correspondía con lo que él había imaginado.

Había ido allí con la intención de enfrentarse a sus primos sin piedad, pero estos resultaron ser personas admirables. Además, Najeeb le caía cada vez mejor. Su plan de arrebatarle el trono después de condenar a su padre por asesinato y destruir el honor de su familia ya no le parecía adecuado. ¿Cómo iba a enfrentarse a Najeeb con la misma sangre fría con la que se enfrentaba a otros adversarios cuando ya no lo consideraba como tal?

Sin embargo, esa era una preocupación secundaria. Jenan era la principal.

Al principio no había imaginado que iba a llegar el día en que se arrepentiría de no haber sido

sincero en cuanto a la razón de desear un heredero. Si hubiera llevado a cabo el resto de su plan,
ella se habría sentido traicionada y utilizada. Ya no
sabía cómo enmendar su error.

Su única esperanza era que ella no estuviera
embarazada, pero eso era demasiado esperar después de haber hecho el amor sin protección durante semanas.

Jenan no había dicho nada, así que lo más probable era que no lo estuviera. Y él prefería que fuera así. Solo faltaba un niño para hacer su relación
aún más complicada y para que ella se sintiera más
vulnerable y desdichada al conocer la verdad.

Era necesario que se lo preguntara para saber
cómo proseguir. Cerró los ojos e hizo lo que nunca
había hecho: rezar. Rezarle a quien estuviera allí y
pudiera escucharlo. Rezó para que ella no estuviera embarazada, para tener una segunda oportunidad de hacer las cosas bien.

Jen vio en el espejo como Numair se acercaba
mientras ella se cepillaba el pelo. Él estaba detrás
de ella y sus ojos brillaban como esmeraldas. Le colocó las manos sobre los hombros y ella se estremeció anticipando lo que iba a suceder, aunque sabía que no debía invitarlo a otra noche de pasión.
Le había dicho a su padre que regresaría al palacio
una hora más tarde, para demostrarle que las deudas de Zafrana se habían liquidado. Gracias a Numair.

Aunque seguramente su padre podía esperar unas horas…

−¿Te has hecho la prueba?

La pregunta de Numair le sentó como una jarra de agua fría sobre su cuerpo acalorado a causa de las fantasías.

Jen no se había hecho la prueba.

Había evitado hacérsela. No quería saber si estaba embarazada, ni a pesar de que se le había retrasado el periodo. Temía que cuando se quedara embarazada se estropeara la relación íntima que mantenía con Numair.

También pensaba que él había insistido en que se casaran para darle a su heredero la legitimidad que sospechaba que él nunca había tenido. Siempre evitaba hablar de su pasado, pero ella sospechaba que nunca había tenido familia y que su infancia había sido demasiado terrible como para contarla.

Jen deseaba hacer cualquier cosa para compensarlo, para darle todo lo que siempre había deseado, pero no soportaba la idea de que se casara con ella por otro motivo que no fuera por amor.

Además, sentía que él se no se había abierto a ella del todo. Había una parte de sí mismo que seguía ocultando y, debido a ello, Jen no podía pensar en un futuro junto a él.

Por eso temía cambiar el presente. Y su embarazo provocaría un cambio.

En lugar de decirle que no se había hecho la prueba, dijo:

–Todavía nada.

Y fue como si le hubieran clavado un puñal en el corazón.

La llama de su mirada. La manera en que le apretó los hombros. Su manera de estremecerse... Se sentía aliviado de que ella no estuviera embarazada.

Su reacción fue tan incongruente con todo lo que ella había creído hasta ese momento que se quedó estupefacta. Y solo podía encontrar una explicación. Él había cambiado de opinión. Ya no deseaba tener un heredero. Al menos, no un hijo de ella.

Numair no podía creer que después de todo lo que había hecho en su vida se mereciera una segunda oportunidad. Sin embargo, la había conseguido. Jenan no estaba embarazada. Se quedó tan sorprendido por la noticia que no había sido capaz de hacer nada durante una hora, desde que ella se había marchado a Zafrana.

Se sentía afortunado por tener tiempo para resolverlo todo. De ese modo podría permitir que fuera ella la que decidiera darle un hijo después de conocerlo todo acerca de él y del motivo por el que había aparecido en su vida. Solo deseaba que ella viviera con dignidad y con libertad para decidir si deseaba estar a su lado, compartir la vida con él y tener un hijo suyo, pero siempre después de que él le contara todo.

Era todo lo que deseaba. Ya no le importaba conseguir el trono de Zafrana, ni el de Saraya. Tampoco castigar a su tío ni vengar a su padre. De pronto, se sentía como si todo el sufrimiento y los terribles acontecimientos del pasado no le pertenecieran a él, sino a la persona que había dejado de ser.

Era un hombre nuevo. Un hombre que amaba a Jenan con el corazón que ella le había proporcionado. Lo único que le importaba era que ella lo perdonara por haberlo engañado y confiara en él y en su amor eterno.

Y en cuanto a solucionar los otros asuntos por los que había ido allí, sus planes habían cambiado radicalmente. Todavía tenía que derrocar a Hassan, porque no podía permitir que un criminal como él continuara gobernando su reino natal. Solo tenía que encontrar la manera de no herir o desgraciar al resto de la familia de Hassan… La suya. Después, podría confesarse ante Jenan.

De pronto, se percató de otra cosa.

¡No podía continuar haciendo el amor con ella! Al menos, no sin protección. Y no podría empezar a emplear protección sin darle una explicación. Su única escapatoria era no hacer el amor con ella. Era el precio que tenía que pagar por sus errores, hasta que pudiera enmendarlos y contarle la verdad.

Debía confiar en que cuando eso sucediera, ella continuara queriéndolo y le diera una segunda oportunidad.

***

–¿Va a venir Numair?

Al oír la pregunta de Fayza, Jen se volvió y dejó de mirarse en el espejo del dormitorio. Sus hermanas asomaban la cabeza por la puerta de su suite. Eran lo único que hacía que su estancia en Zafrana fuera soportable.

–No, no va a venir –contestó, temiendo que no fuera a regresar nunca más.

–Queremos preguntarle si podemos celebrar otra fiesta a bordo de su jet –añadió Zeena.

–¿Podemos llamarlo? –Fayza entró en la habitación–. No sabemos su número de teléfono. ¿Contestará aunque no reconozca nuestro número? ¿Lo llamas tú?

–¿No creéis que ya nos hemos aprovechado bastante del jeque Numair?

A Jen se le encogió el corazón al oír la voz de su padre.

Se levantó para saludarlo y él la tomó entre sus brazos y la besó en la frente. Estaba temblando.

Era como si su padre hubiera envejecido en los últimos días. Ser incapaz de solucionar los problemas del reino y la vergüenza de tener que sacrificar a su hija mayor como única posible solución le habían pasado factura. Incluso a pesar de que todo se había solucionado, el estrés y el sentimiento de derrota seguían muy presentes.

–Cuando viniste a verme con Numair la primera vez y me dijo que él acabaría con las deudas de Zafrana, no podía creer que estuviera dispuesto a hacerlo sin pedir nada a cambio. Después Hassan canceló todo y yo supe que Numair había cumplido su promesa. Hace una semana recuperé todos los documentos que había firmado yo, y solo gracias a Numair. Ahora tengo una deuda mucho mayor de la que tenía con Hassan. Por haberte devuelto la libertad, haber recuperado la estabilidad de nuestro reino, y mi dignidad. Y es una deuda que no sé ni cómo la voy a saldar.

–Numair no espera nada a cambio.

–¿Estás segura? Pensé que tú eras lo que él deseaba de corazón.

Incapaz de pronunciar palabra sin ponerse a llorar, Jen negó con la cabeza.

Su familia e marchó a los pocos momentos. Todos habían ido para decirle algo que tenía que ver con Numair. Habían confiado en que Numair y ella acabarían juntos. Igual que había hecho ella. Hasta el día que le dijo que no estaba embarazada.

Desde ese día, él había encontrado excusas para no verla, y cuando no quedaba más remedio, se había asegurado de que no fuera en privado. Él se había sentido aliviado al enterarse de que no estaba embarazada, y evitaba arriesgarse a que pudiera quedarse. No obstante, era mucho peor de lo que ella había imaginado en un principio. No solo había cambiado de opinión acerca del heredero. Tampoco la deseaba a ella.

Jen había tardado siete semanas en enamorarse

de él, en ser incapaz de pensar cómo había podido vivir sin él. Numair había tardado el mismo tiempo en cansarse de ella.

¿A quién trataba de engañar? No había tardado tanto tiempo en enamorarse de él. Lo había hecho desde el primer momento.

Y mientras el deseo que él sentía por ella parecía que se iba intensificando con el paso del tiempo, un día se había terminado sin más. Desde entonces, él había continuado fingiendo que la deseaba, pero huía de cualquier momento de intimidad utilizando cualquier excusa. Si él ya no la deseaba, ella quería que la relación terminara para siempre. Cuanto antes.

Jen sabía que el sufrimiento sería cada vez más intenso. Aquello era mucho peor que todo lo que había temido en su vida. Justo antes de que sus hermanas hubieran ido a verla, se había hecho la prueba. Dos líneas de color rosa habían aparecido casi inmediatamente. Tal y como temía. Estaba embarazada.

Saber a ciencia cierta que llevaba en el vientre al hijo del único hombre al que amaría en su vida, cuando él ya no la deseaba ni a ella ni a su hijo era una agonía.

Necesitaba mirarlo a los ojos y oír sus palabras. Que ya no deseaba un hijo. Que no la deseaba a ella. Que nunca la había deseado, o al menos, no cómo ella lo deseaba a él. Que la relación había terminado.

Capítulo Nueve

Numair se echó a un lado y dejó pasar a Najeeb al lugar que Jenan había empezado a llamar su casa.

La casa a la que él no le permitía ir desde hacía una semana. Sabía que si ella iba, él sucumbiría a su deseo, y al de ella. Las preguntas y la inseguridad que había visto en su mirada las veces que habían coincidido en el palacio lo estaban matando poco a poco, pero confiaba en que después de la visita de Najeeb, la separación que él mismo había forzado terminara para siempre.

Numair había invitado a Najeeb para contarle la verdad.

Najeeb lo miraba confuso mientras Numair lo invitaba a sentarse en el mismo sitio donde se había sentado la primera vez que había ido allí. Su relación había cambiado radicalmente en las últimas semanas, pero sus encuentros siempre habían transcurrido con Jenan presente. Por eso Najeeb no podía comprender de qué tenían que hablar en su ausencia.

–¿Esto tiene que ver con Jenan? –preguntó Najeeb.

Numair se sentó en la butaca frente a él.

–Básicamente todo tiene que ver con Jenan. Sin embargo, esto es sobre ti. Y sobre mí. Y nuestra familia.

–¿Nuestra familia? –preguntó Najeeb, asombrado.

–Sí –se inclinó hacia delante y le acercó el informe donde estaban las pruebas de su identidad.

Los equipos que había enviado a explorar el mar Mediterráneo con la tecnología que había patentado Castillo Negro habían encontrado el yate hundido. Y los restos. Una prueba de ADN había demostrado que sus recuerdos eran ciertos. Los restos eran de Hisham Aal Ghaanem. El hermano de Hassan. Y el padre de Numair.

Najeeb leyó los documentos uno a uno. Después, miró a Numair a los ojos y este se sorprendió al ver entusiasmo en su mirada.

–¡Eres mi primo!

Numair sintió un nudo en la garganta. La reacción de Najeeb le había llegado al alma. Él había pensado que Najeeb reaccionaría con incredulidad, suspicacia y sorpresa pero no aceptación y entusiasmo.

Najeeb se inclinó hacia delante y exclamó:

–¡Después de todos estos años! ¿Qué ha pasado? ¿Cómo lo has descubierto? ¡Es increíble! ¡Espera a que Haroon y Jawad y el resto de mis hermanos se enteren! Las chicas se subirán por las paredes. Han estado embelesadas contigo, y ahora tendrán derecho a alardear. Eso sí, tendremos que dejarles claro a todas las mujeres de la familia y a las conocidas que eres propiedad exclusiva de Jenan...

—Te he convocado en privado porque no quiero que nadie más lo sepa. Cuando te cuente toda la historia comprenderás por qué.

Numair le contó la historia que habían pensado contarle. El ataque, el asesinato de su padre y cómo lo habían abandonado dándolo por muerto, la parte ficticia sobre cómo lo habían rescatado y adoptado, y de nuevo la verdad acerca de cómo había recuperado los recuerdos mediante años de hipnoterapia.

Najeeb parecía cada vez más afectado.

—Pero eso significa que cuando nos conocimos por primera vez conocías tu verdadera identidad. ¿Por qué no me lo contaste entonces?

—Porque seguía buscando la prueba que tienes entre manos.

—¿Pensabas que sin pruebas no te creería? —Najeeb parecía sorprendido porque Numair hubiera pensado tal cosa.

—¿Lo habrías hecho?

—Empleando vuestra frase favorita: ¿estás bromeando? A pesar de que en un principio me comporté de manera hostil contigo, sentía algo especial que no sabía explicar. Te habría creído sin tener pruebas, puesto que me habría fiado de mi instinto —soltó una carcajada—. Tu chica es la que tiene buen instinto. Fue ella la que lo comprendió desde el primer momento, la que decía que parecíamos casi como hermanos. Y lo somos.

–Lo somos –repitió Numair pensativo.

Él tenía a sus hermanos y ellos eran una parte esencial de su vida, pero con Najeeb había sentido la llamada de la sangre y era algo que nunca había experimentado.

Odiaba estropear aquellos momentos de sinceridad, pero tenía que contarle el resto a Najeeb.

–Contactar con la familia con la que perdí contacto hace tiempo no era el motivo por el que fui a la recepción que hizo tu padre. Ni por el que vine aquí.

–¿Qué más querías? –preguntó Najeeb asombrado.

–Reclamar mi derecho de nacimiento. Y obtener venganza.

–¿Venganza?

–Creo que tu padre mató al mío.

Najeeb se quedó estupefacto.

–No.

Antes de que Numair pudiera responder, un sonido desvió su atención. Era el sonido del helicóptero que había llevado a Jenan a casa durante semanas. Excepto durante esa última.

Numair se puso en pie y dijo:

–Hablaremos de ello, Najeeb. Ahora quédate aquí y espérame.

Antes de Najeeb pudiera reaccionar, Numair salió de allí.

No tenía ni idea de cómo iba a pedirle a Jenan que se fuera sin darle una explicación, pero no podía permitir que viera a Najeeb. Había destapado la caja de Pandora, pero no había solucionado nada todavía.

Cuando llegó al otro lado de la casa, ella ya había abierto la puerta principal. Numair corrió para interceptarla y ella lo miró a los ojos. Lo que vio en su mirada provocó que casi se tambaleara.

Parecía desolada. Numair se acercó para abrazarla y le preguntó:

–¿Están todos bien?

Ella asintió, pero se retiró de sus brazos.

–No me dijiste que ibas a venir.

Ella lo miró de nuevo y al ver que parecía herida a Numair se le encogió el corazón.

–Habrías encontrado la manera de evitarme, pero no te preocupes, no me quedaré donde no soy bienvenida.

–¿Qué?

–Deberías haberme contado la verdad en el momento que te diste cuenta de ella.

Numair se quedó de piedra. ¿Habría descubierto la verdad y era demasiado tarde para decírselo en persona?

–¿Qué verdad?

–Que ya no me deseas.

Era lo último que esperaba oír.

–Jenan, esto es una locura…

–Sí, parece que mi nombre es adecuado. Debo de estar loca por estar enamorada cuando tú me dijiste desde un principio lo que querías. Sin embargo, ya no lo quieres de mí, y he venido a decirte que tienes derecho a cambiar de opinión. Sin embargo, si crees que lo más fácil para dejarme es evitarme, te equivocas. Es mucho más doloroso que si me miraras a los ojos y me dijeras que todo ha terminado.

Cada una de sus palabras caía como un mazazo sobre Numair.

Él había estado centrado en sus preocupaciones y en esforzarse para solucionar todo y había conseguido empeorar la situación. Ni siquiera había pensado en cómo se tomaría ella sus evasivas, pero era evidente que había interpretado lo peor.

Antes de que pudiera pensar en algo que decir, Jen pasó junto a él y se dirigió hacia donde estaba Najeeb.

–¿Adónde vas?

–Te he dicho que no te preocupes. No intentaré quedarme, y tampoco te presionaré. Solo tengo que recoger algunas cosas. El resto puedes mandármelo más tarde. O tirarlo sin más.

–Esta es tu casa.

–Solo la consideré como mía cuando pensé que tú también lo eras, cuando estábamos juntos. Ahora no. Mañana te enviaré los documentos devolviéndote la propiedad –cuando intentó moverse, él la agarró del brazo y ella no pudo evitar sospechar–. ¿Hay alguien ahí dentro?

–Jenan, por favor…

Las lágrimas comenzaron a rodar por sus mejillas.

–No esperaba que me amaras como yo te amaba a ti. Solo esperaba que fueras sincero conmigo.

Numair se percató de que era la primera vez que ella le hablaba de sus sentimientos hacia él, pero oír que lo hacía en pasado era insoportable. La tomó entre sus brazos y dijo:

–Jenan, Jenan, ¿qué te he hecho? ¿He dañado tanto tu confianza en mí como para que pienses que hay una mujer ahí dentro? Todo lo que piensas es justo lo contrario. Odio pensar que yo te he hecho pensar de esa manera, pero es cierto que no te amo como tú me amas a mí –la abrazó con fuerza–. Después de todo lo que he sufrido en mi vida, te quiero mucho más de lo que tú nunca podrás amarme –Jen lo miró a los ojos esperanzada–. Es cierto que no hay ninguna mujer. Los secretos que te ha estado ocultando son mucho peores que todo eso.

Jenan y Numair se volvieron al oír aquello.

–Najeeb –dijo Jen sorprendida.

Numair creía que no podría soportar tener a ambos allí. Rápidamente se volvió hacia Jenan.

–Tengo secretos, pero ninguno tiene que ver con nosotros, ni con lo que siento por ti. También tengo motivos para explicar mi manera de comportarme, y te lo explicaré todo más tarde. Por favor, *ya habibati,* márchate, deja que termine de hablar con Najeeb y confía en que todo lo que hago lo hago por ti, por nosotros.

–Tienes mucha capacidad para manipular, ¿no es cierto, Numair? –dijo Najeeb mirándolo con rabia. Después se dirigió a Jenan–. Cuando oí lo angustiada que estabas, pensé que él te lo contaría

128

todo –miró a Numair–, pero luego me di cuenta de que seguías manipulándola. Lo que sentí la primera vez que te vi era cierto. Tienes motivos para estar con ella más oscuros de lo que imaginaba…

–Puede que haya ocultado algunas verdades…

–¿Algunas? Has ocultado todas. En todo momento has estado tratando con la mentira.

–Soy el verdadero yo. Quería aclararlo todo contigo antes de contárselo a ella.

–Sobre eso, me quedé pensando por qué me habías contado la verdad y llegué a la conclusión de que lo hiciste porque había llegado el momento en que te venía bien hacerlo para seguir con tu plan. Sin embargo, cuando te pusiste tan nervioso con la llegada de Jenan y me pediste que me quedara dentro, me di cuenta de que no contabas con que nos encontráramos en un momento tan delicado ni con que se enterara de todo tan pronto. Según tus planes, ella habría sido la última en enterarse de la verdad ¿no? Cuando ya fuera demasiado tarde para poder hacer algo al respecto.

–Estás muy equivocado, Najeeb.

Jenan se situó entre ambos y preguntó:

–¿Qué planes? ¿Qué verdad?

–No se llama Numair, sino Fahad Aal Ghaanem.

La expresión del rostro de Jenan indicaba que reconocía el nombre.

–Sí –continuó Najeeb–. Ese Fahad Aal Ghaanem. El primo que todos pensábamos que había muerto.

–¿Y cómo es posible? –preguntó ella.

Najeeb le contó la historia que Numair le había contado. Cuando terminó, Jenan se volvió hacia Numair.

–¿Y por qué no me lo dijiste?

Fue Najeeb quien contestó de nuevo.

–Esa es otra de las cosas que intentaba comprender ahí dentro. Después lo entendí. Justo antes de que llegaras, Numair, o Fahad, me dijo que había venido a vengarse de mi padre, a quien acusa de haber matado a su padre. El otro motivo que mencionó era reclamar su derecho de nacimiento. Su plan era venir para causarle el máximo daño a mi padre hasta que tuviera pruebas sólidas de su linaje. Después, acusaría a mi padre de asesinato, para crear un escándalo y conseguir que yo no pudiera ser el príncipe de la corona y reclamar el trono para él –Najeeb se volvió hacia Numair y lo fulminó con la mirada–. ¿Me he olvidado de algo?

–No es eso…

–¿Y qué hay de mí? –preguntó Jenan.

–Te dije que te lo explicaría todo más tarde.

–¿Lo harás? –preguntó Najeeb–. ¿Y por qué no lo haces ahora? Después de todo, te está haciendo una pregunta muy simple. ¿Por qué te centraste en ella como objetivo? Me he dado cuenta de que tu herencia no solo está en Saraya, sino también en Zafrana. Tu madre era la princesa Safeyah Aal Ghamdi, y la mitad de tu sangre pertenece a la realeza de Zafrana. Teniendo en cuenta la situación en la que se encuentra el reino, y siendo como eres, debes pensar que tú tienes derecho y capacidad para gobernar. No obstante, como no puedes reclamar el trono directamente, como en Saraya, ideaste un plan más complicado. No querías salvar a Jenan de mi padre. Solo querías utilizarla del mismo modo que él —miró a Jenan—. Si le dabas un heredero podría tomar el trono de Zafrana mientras tu padre estuviera con vida, y después, hasta que el heredero cumpliera la mayoría de edad.

Jenan miró a Numair con frialdad. Su mirada estaba vacía, como si su esencia hubiera abandonado su cuerpo. Un cuerpo que ya no se sostenía en pie y que se desvaneció.

—¡Jenan!

Numair reaccionó deprisa y consiguió sujetarla antes de que tocara el suelo. Najeeb también había hecho lo mismo y, al ver que tenía las manos bajo el cuerpo de Jen, Numair sintió que la rabia lo invadía por dentro.

En cuanto posó a Jen en el suelo, empujó a Najeeb y le dio dos puñetazos en el mentón. Najeeb reaccionó y le devolvió el golpe. De pronto, Numair se percató de que Najeeb no era el adversario adecuado para él. Si no se controlaba, lo mataría.

Najeeb lo miró como si fuera un monstruo y le preguntó con la respiración entrecortada.

—¿Qué clase de hombre eres?

—Uno que no te puedes imaginar ni en tu peor pesadilla. Considérate afortunado. He destrozado hombres por haberme causado mucho menos daño del que tú me has causado con Jenan.

—¡No te muevas!

Numair lo fulminó con la mirada y se agachó junto a Jenan para tomarla entre sus brazos y llevarla a la cama. Tenía la piel cálida y respiraba con tranquilidad. Era como si su cuerpo hubiera buscado refugio en el olvido para protegerla del impacto de las revelaciones que había hecho Najeeb.

Tras intentar despertarla sin éxito, y consciente de que no corría peligro, se levantó y se volvió hacia Najeeb, que lo había seguido.

—Ya se me ha pasado el instinto asesino. Tú solo dijiste la verdad acerca de lo que fueron mis intenciones.

—¿Sabes dónde te equivocaste? —dijo Najeeb—. Si hubieses sido sincero conmigo, y con Jenan, si no fuera un hombre frío y manipulador, te habríamos ofrecido todo lo que necesitaras. Yo habría reconocido tu derecho al trono, y habría conseguido que mi padre te lo cediera —miró a Jenan—. Ella te habría amado, y habría considerado que tú merecías el trono de Zafrana. Ahora no dejaría nada en tus manos, y mucho menos el reino. Y si divulgas todas esas mentiras sobre mi padre e intentas destruir a mi familia, pelearé contigo hasta el último aliento. Y en cuanto a Jenan, no pienses que podrás engañarla otra vez.

Numair respiró hondo.

—Lo creas o no, estás aquí para que yo pueda resolver esto causando el menor daño, pero no permitiste que terminara lo que tenía que decir, y ahora lo que pienses es irrelevante. Tendré que esperar para solucionar las cosas contigo hasta que consiga solucionar el desastre que has provocado en mi relación con Jenan.

—Puedes intentarlo. Jenan habría dado su vida por ti, y ahora, si la conozco bien, preferiría morir antes de permitir que te acerques a ella.

—Más te vale que tus profecías no se conviertan en realidad. Si la pierdo a ella, no tendré nada más que perder en el mundo.

Najeeb se dio la vuelta y se marchó. Numair se tumbó junto a Jenan y la abrazó.

No iba a perderla. Najeeb había infravalorado el poder de lo que compartían. Ella lo escucharía y lo comprendería. Recuperaría la confianza en él.

Y volvería a amarlo.

Jenan sintió algo cálido y duro a su alrededor y, mientras trataba de liberarse, el pánico se apoderó de ella. Consciente de que no tenía escapatoria, comenzó a llorar.

—Shh, shh, *ya hayati*, tranquilízate, todo está bien. Estás a salvo. Estoy aquí, y soy todo tuyo.

Era la voz de Numair. Lo único que ella había deseado oír, lo único que hacía que se sintiera invencible. Sin embargo, en esa ocasión provocó que se sintiera asfixiada a causa de la traición.

Abrió los ojos y lo miró, enfrentándose al hecho de que su vida ya no sería tal y como la había planeado, sino como la de muchas mujeres que cuidaban al hijo de un hombre que no las quería.

Además, sabía que nunca dejaría de llorar por

él. Por Numair, el hombre al que amaba. Numair, el hombre que no existía.

–Ya no está aquí –dijo con voz de amargura.

Él pestañeó.

–Sí, Najeeb se ha marchado…

–Numair –cuando ella pronunció su nombre, él se sentó en la cama–. Nunca ha estado aquí. Era un fantasma.

–Jenan…

–Todo lo que compartí con él era una mentira –lo miró a los ojos y sintió que se le partía el corazón–. No era más que un medio para conseguir tus fines. Una pieza de ajedrez que habrías sacrificado en cuanto hubieses conseguido tu objetivo, pero cuando descubriste que podrías hacerlo antes de tiempo, me dejaste de lado.

La miró fijamente.

–Ni lo pienses. Nada de eso es cierto. Deja que te explique lo que Najeeb…

–Najeeb solo me dijo quién eres en realidad –se separó de él–. Yo pensé el resto. Porque Najeeb no sabe lo que yo sé. Que ya no tienes que casarte conmigo, ni fecundarme para gobernar Zafrana, sino que tienes derecho al trono igual que lo tienes en Saraya –se levantó de la cama–. No es de extrañar que hayas tardado un tiempo en descubrirlo. Ocurrió hace casi cuarenta años y la mayor parte de la gente de Zafrana no lo sabe. Y los que sí lo saben, probablemente no lo recuerden.

–¿El qué? Jenan, *habibati*, cuéntame…

–Yo sí lo recuerdo –susurró ella–. Mi padre

siempre se lamentaba de que él no debía ser rey, que de no haber sido por un accidente no habría tenido derecho al trono. Durante mi infancia, me dijo montones de veces que el difunto rey Zayd tenía un heredero que murió trágicamente cuando era un niño. Era hijo de la princesa Safeyah, pariente lejana del rey por sangre, pero al mismo tiempo su hermana de leche, puesto que la madre del rey la había amamantado cuando la madre de ella falleció en el parto. Esa relación prevalecía sobre los lazos de sangre entre el rey y mi padre y por lo tanto el hijo de ella era el pariente masculino más cercano, y su heredero. Tú.

Numair se quedó en silencio. No se había planteado que ella pudiera saberlo.

No obstante, ella lo sabía. Eso explicaba todas las preguntas que tenía sobre él, y su desconfianza sobre los motivos que él tenía para aparecer en la vida de ella y para su conducta reciente.

—Jenan, tienes que creerme. Yo no sabía tal cosa —le dijo, sujetándola por los hombros.

Ella le retiró las manos.

—No lo sabías hasta que ya habías desperdiciado mucho tiempo conmigo, y en cuanto lo supiste, me dejaste de lado. Y si ahora intentas persuadirme es porque lo sabes.

—Solo intento decirte la verdad. No sabía nada de lo que acabas de contarme. Y… —se calló al recordar sus últimas palabras—. ¿Saber qué?

—Que estoy embarazada.

Numair reaccionó con tal preocupación que, al

verlo, Jenan creyó que se le desgarraba el corazón y una tormenta se desataba en su interior, destruyendo su alma y su cordura.

Lloró con tanta fuerza que sus lágrimas borraron todas sus esperanzas, su fe, su amor… Su alma.

Numair la abrazó y ella se retorció entre sus brazos.

–Ahora ya lo sabes…. Tu heredero existe y será mejor que no tengas muchos conflictos con la mujer que lo lleva en su vientre, así que, ¿qué mejor estrategia que tratar de engañarme otra vez?

–No, Jenan, no, tienes que escucharme.

–No… Escúchame tú. Amaba a Numair… y habría dado mi vida por él, pero ahora es mucho peor que si lo hubiera perdido. Ahora sé que nunca existió.

–No solo existo, sino que además moriría por ti. Además solo alcancé la existencia plena cuando empecé a quererte. Antes de conocerte, nunca me había sentido vivo. Jenan, *habibati,* créeme…

Incapaz de soportar la agonía de su roce, ella se retorció con fuerza hasta que lo soltó.

Se apoyó contra la puerta y lloró de forma desconsolada. Él se acercó, contrariado, y ella, al ver la expresión de su rostro, supo que nunca dejaría de desearlo. Y que la vida no volvería a ser lo mismo. Estaba condenada a sobrevivir. Por otros. Y sin el hombre al que había amado, el hombre que había resultado ser una ilusión.

Ante tal convencimiento, dejó de llorar de golpe. El sufrimiento y la desesperación eran demasiado intensos como para derramar más lágrimas. Lo único que podía sentir era resignación.

–Si me hubieras dicho la verdad, me habría dado cuenta de que eras suficientemente poderoso para salvar Zafrana. Y si de verdad me hubieras querido, habría aceptado lo que pudieras ofrecerme a pesar de saber que nunca sentirías por mí lo que yo siento por ti. Cuando te cansaras de mí, al menos habría permanecido intacta. Podrías haber conseguido todo lo que deseabas sin destrozarme.

Ella abrió la puerta y salió. Al ver que el helicóptero seguía allí se sintió como si hubiera encontrado la manera de escapar de un túnel inundado.

Antes de que pudiera dirigirse hacia allí, él la sujetó de nuevo.

Incapaz de soportarlo, ella se apartó de él con brusquedad.

–¿No lo comprendes? Ya no necesitas actuar. Soy yo la que está a tu merced, la que te suplicará que no me prives de mi hijo. Has ganado. Tus planes han funcionado. Tendrás todo. Todo, excepto a mí, pero eso no te importa puesto que soy lo único que nunca has deseado.

Capítulo Diez

Así que eso era la indefensión. La desesperación.

Después de una vida llena de sufrimientos, Numair por fin había aprendido lo que eran. Había sufrido todo tipo de abusos en su vida, lo habían torturado hasta casi morir, y sin embargo no había experimentado nada parecido al temor del abandono, a la desolación que reflejaba la mirada de Jenan.

Y él no podía hacer nada al respecto. Aunque deseaba salir tras ella, capturarla y mantenerla prisionera hasta que lo escuchara y recuperara la confianza en él. No obstante, sabía que cualquier intento empeoraría las cosas. Ella estaba impactada y él no tenía ni idea de cuándo estaría preparada para escucharlo. Si es que llegaba a estarlo alguna vez.

De pronto, el ruido de un helicóptero hizo que recuperara la esperanza. Salió a recibirlo y, al instante, se hundió de nuevo.

No era Jenan. Era Najeeb.

Confiaba que el hombre no hubiera regresado para vengarse de él. No estaba seguro de que en esa ocasión pudiera contenerse.

El rostro de Najeeb estaba marcado por los golpes que él le había dado, pero parecía nervioso y preocupado.

Najeeb comenzó a hablar antes de detenerse frente a Numair.

–Cuando dijiste que mi padre había asesinado al tuyo, ¿lo creías de verdad o era tu estrategia para abrirte paso al trono?

–Es lo que creía.

–¿Y me darías la oportunidad de investigarlo? No puedo ni pensar que mi padre pudiera ser capaz de una cosa así.

–Escucha, Najeeb…

–No, escucha tú. No me siento orgulloso de mi padre. Sé que es un hombre egoísta, imprudente y a veces inmoral, pero lo conozco. No es malvado. Y haría falta alguien malvado para que pudiera matar a su hermano con el fin de conseguir el trono. Puede que parezca ansioso de poder, pero no lo es. No es más que un hombre que se ha encontrado desempeñando un papel demasiado grande para él. Ha hecho un trabajo decente, teniendo en cuenta que mi abuelo le traspasó el reino en estado crítico. Él nunca deseó el trono. Las personas que estaban a su alrededor te pueden contar lo destrozado que estuvo tras la desaparición de su hermano, y cómo después de que lo obligaran a abandonar la búsqueda no pudo ocupar el trono hasta un año más tarde. Ni siquiera se atrevió a gobernar hasta un año después, confiando en que su hermano regresara. Al final, el gabinete de gobierno insistió para que se tomara en serio su función, y hasta hoy. Incluso a pesar de los errores que ha cometido mi padre, Saraya es mejor reino que él heredó –se pasó la mano por el cabello y suspiró–. Estoy convencido de que no sería capaz de matar a nadie, y mucho menos al hermano que adoraba. También de que en cuanto se entere de quién eres, te cederá el trono, contento por dejárselo al verdadero heredero.

Numair miró a Najeeb unos instantes.

–Siento haberte golpeado, Najeeb.

Najeeb gesticuló como restándole importancia a lo sucedido.

–De camino a Saraya me di cuenta de que, al margen de cómo empezaras tu relación con Jenan, ahora la quieres de verdad. Yo he provocado que os separaseis y por tanto merezco algo más que un ojo morado y un golpe en la mandíbula…

–Soy yo el que le dio motivos a Jenan para sospechar de mí. Y ahora creo que el verdadero heredero del trono de Saraya eres tú. Eres el que ha vivido aquí la mayor parte de su vida, el que conoce el país, en quien la gente confía. También el que ha subsanado los errores de tu padre. Saraya es lo que es gracias a ti, no a él, pero esto no tiene nada que ver con lo que pienso de tu padre.

–¿Todavía piensas que él asesinó a tu padre y sigues con la idea de hacerlo público?

–No. No puedo hacerte eso, ni a ti ni a tus hermanos. Eso era lo que te iba decir cuando te pedí que vinieras. Que lo forzaré para que abdique y tú puedas ocupar el trono.

Najeeb lo miró horrorizado.

–*B'Ellahi*… No. No estoy preparado para renunciar a mi libertad, pero si lo que deseas es lo mejor para el reino, podemos trabajar a la sombra para intentar arreglar las cosas sin que ninguno de nosotros tenga que quedarse atrapado en el puesto. Puede que creas que el trono es algo deseable, pero créeme, lo que tenemos ahora es perfecto. Poder y la capacidad de hacer lo que queramos sin que todo el mundo nos pida respuestas y soluciones, sin ser los responsables de todo lo que suceda en sus tierras.

Numair negó con la cabeza.

–No he tomado una decisión. Solo te llamé para investigar sobre el tema. Solo te estaba contando lo que creía.

–Si todavía estás dispuesto a revisar tu postura, espero que reconsideres tu opinión sobre mi padre. Sé que no tengo pruebas. Solo puedo fiarme de mi instinto y del hecho de que lo conozco de toda una vida. Si de veras me tienes en estima, confío en que puedas valorar mi opinión.

–Cualquier solución tendrá que esperar.

–Prométeme que no darás ningún paso en su contra antes de que tengamos pruebas.

–No haré nada hasta que consiga recuperar a Jenan. Es lo único que me importa ahora.

Najeeb asintió y le tendió la mano.

–Siento haber empeorado la situación. Espero que me perdones. Haré lo que pueda para rectificar mi error.

–Fui yo el que comenzó todo esto y quien debe terminarlo. A cualquier precio.

Antes de que Numair retirara la mano, Najeeb se la estrechó con fuerza y lo atrajo hacia así.

–No quería decir lo que dije sobre Jenan. Ella te quiere, y si tú también la quieres, volverá a confiar en ti. Y aceptará que te quedes a su lado.

Numair no dijo nada y Najeeb se volvió para marcharse. Sabía que Jenan estaba muy afectada, y que el embarazo había provocado que se sintiera todavía más traicionada. Recuperar a Jenan le parecía imposible, y si no conseguía hacerlo, daría su vida para tratar de que ella recuperara la tranquilidad.

Dos horas más tarde, Numair ya no podía esperar más. Se dirigió al palacio real de Zafrana, pero Jenan no estaba allí. La última vez que su familia había sabido algo de ella había sido cuando, horas antes, había ido a verlo.

Ansioso, puso en alerta a sus hermanos y se dirigió a los Estados Unidos. Mientras él estaba en el vuelo, sus hermanos buscaron a Jen sin éxito. Al parecer, había desaparecido nada más poner el pie en Nueva York. Nadie la había visto en los sitios que ella solía frecuentar ni sabía dónde había ido después de salir del aeropuerto.

Cada vez estaba más desesperado, y se sentía como si estuviera viviendo una pesadilla.

La pesadilla se convirtió en la de mucho tiempo atrás. Pero era diferente; en lugar de que unos hombres asaltaran el barco de su padre, el barco zozobraba a causa de las enormes olas. Su padre trató de controlar las velas, pero en un momento dado, perdió el control y una de ella lo golpeó en la cabeza, lanzándolo por la borda. Entonces, el barco se volcó y Numair también cayó al agua.

Luchando por salir a la superficie, y del sueño, y con el cuerpo en tensión, llamó a Antonio y le pidió que lo recibiera en el aeropuerto de Nueva York.

Antonio estaba esperándolo en una limusina. Nada más subirse al vehículo, Numair comenzó a relatarle lo que había recordado.

–Eso era lo que esperaba que sucediera, pero no pensé que podría suceder de manera espontánea –le dijo su amigo con calma.

–¿Qué diablos quieres decir?

–Sabía que para que afloraran más recuerdos necesitarías sentir un miedo más intenso que el que sentiste cuando viste ahogarse a tu padre y estuviste a punto de perder la vida. Cuando te pedí que hicieras más sesiones, pretendía intentar provocarte un estado de pánico para profundizar en tu mente, pero como no temes a nada, no sabía cómo podría hacerlo. Sin embargo, Jenan ha conseguido que experimentes más miedo, y ese temor te ha ayudado a liberar tus recuerdos.

–¿Crees que eran recuerdos?

–No solo eran recuerdos, sino que creo que son los verdaderos.

–Pero antes recordaba una versión completamente diferente.

–Ya te dije que tenía la sensación de que había algo más aparte de lo que recordabas. En hipnosis, los recuerdos a veces se disfrazan de forma que se adapten a las necesidades emocionales y psicológicas de la persona. Querías encontrar a alguien responsable de la muerte de tu padre, de tus años de esclavitud, así que te inventaste a los atacantes y empleaste las pruebas circunstanciales para idear una conspiración que validara tus supuestos recuerdos. Podemos hacer más sesiones para asegurarnos, pero estoy casi seguro de que por fin has encontrado la verdad.

Numair miró a Antonio. Había necesitado un enemigo para hacerlo responsable y culparlo por todo lo que él había perdido y sufrido. Sin embargo, aquella era la realidad. Eso era lo que había sucedido.

–Lo siento, Fantasma –Antonio parecía hablar en serio–. Aunque te parezca decepcionante e injusto, parece que la muerte de tu padre y tu dura experiencia se debieron a un accidente.

–No, no, está bien.

–Creo que deberías sentirte aliviado de que así sea. Incluso te ofrece la posibilidad de tener una familia sin la mancha que un delito como ese habría dejado en todas las generaciones que están por llegar.

La palabra generaciones fue un duro golpe en el estómago. Pronto llegaría una nueva generación a su familia. Jenan llevaba a su hijo en el vientre.

–Fantasma, ¿estás bien?

–No, no lo estoy. Le he causado un daño irreparable a Jenan.

Antonio se encogió de hombros.

–Arrodíllate ante ella, y te perdonará.

–Aunque me perdone, nunca volverá a confiar en mí. Ni a quererme.

Antes de que Antonio pudiera contestar, sonó el teléfono de Numair. Era Richard.

–Después de conocer a tu princesa huida, estoy pensando en hacerle el favor de su vida y no decirte dónde está.

Al escuchar sus palabras, Numair no pudo evitar ponerse furioso y amenazarlo.

Richard se rio.

–No solo no vas a hacer nada de eso que me has dicho, sino que me debes otro favor. No, borra eso. Prácticamente eres mío.

–Cuelga, Richard. La encontraré por mí mismo.

–¿Sobrevivirás hasta entonces? ¿Y si no te importa sufrir, permitirías que continúe sintiéndose decepcionada un momento más, cuando puedes evitarlo?

–Maldito seas, Cobra, ¿dónde está? –su grito provocó que Antonio se sobresaltara y que Ameen estuviera a punto de perder el control del volante.

–Ten cuidado de que no te dé un ataque, Fantasma, necesitas mantenerte intacto para arrodillarte ante ella –Richard lo interrumpió de nuevo al ver que empezaba a blasfemar–. Necesito una promesa antes de decirte dónde se encuentra.

–¿Qué diablos quieres?

–Ahora nada, pero para cuando llegue el momento y necesite algo, quiero que me hagas una promesa de esas que cumples sin dudarlo.

–¿Para hacer qué?

–Lo que te pida.

Aunque estaba a punto de estallar de rabia, Numair estaba dispuesto a convertirse en esclavo de Richard con tal de que le dijera dónde se encontraba Jenan.

–Lo prometo, pero si dices una palabra más que no tenga que ver con el paradero de Jenan, te despellejaré.

Richard no dijo ni una palabra más. Simplemente se rio y colgó la llamada. Al instante, Numair recibió un mensaje de texto con la dirección de Jenan.

Tras dejar a Antonio en la calle más próxima, Numair le ordenó a Ameen que lo llevara de nuevo a su jet. Tendría que volar hasta California.

Según Richard, Jenan había alquilado una casa en el desierto y había firmado un contrato de un año. Al parecer, quería huir de su vida y de todo lo que le recordara a él.

Las siete horas y media que tardó en llegar hasta la puerta de su casa en Rancho Mirage, acaba-

ron con las últimas reservas de fuerza que le quedaban.

Ella abrió la puerta. Tenía los ojos hinchados,
estaba preciosa y era todo lo que él necesitaba en
su vida. Numair se habría arrodillado inmediatamente a sus pies si ella no se hubiera dado la vuelta para regresar al interior de la casa.

–Ya te he dicho que conseguirás lo que deseas.
No tienes que intentar apaciguarme para poder
manejarme con más facilidad. No te daré ningún
problema. Sé que nadie puede detenerte, y yo menos, así que ni siquiera iniciaré una batalla.

–Jenan… Por favor.

Jenan replicó en un tono cortante:

–Tengo suficiente sentido práctico como para
saber que ya no importa nada de lo que yo deseaba
en la vida, y que todos mis planes y esperanzas han
fracasado. No puedo culpar a nadie más que a mí.
He sido yo quien no tomó ninguna precaución y
quien cayó de cabeza en tu trampa. El resultado es
un bebé indefenso que es lo único que ahora importa. No espero que te impliques en su vida como
lo haría un padre de verdad, pero puedes asumir
el papel que desees. Primero, porque no puedo
impedírtelo, pero sobre todo porque no quiero
que sufra las consecuencias de mi error al hacer que
seas su padre. No voy a rematar esta desgracia haciendo que su vida se convierta en un campo de
batalla.

–Ahora que te haces cargo de Zafrana y de Saraya, pasarás allí la mayor parte del tiempo. Ya sa-

bes que no quiero vivir allí, pero podemos acordar un plan de visitas periódicas para que puedas ver a tu hijo. Todo puede funcionar exactamente como lo desees, siempre y cuándo te mantengas alejado de mí.

Numair ardía en deseos de abrazarla y recuperarla, pero solo conseguía permanecer inmóvil delante de ella, indefenso por primera vez desde que tenía diez años.

–Lo único que quiero es que me dejes explicarte. Lo que dijo Najeeb…

–Es precisamente lo que tú le dijiste, pero ni siquiera eso es la verdad. Puedo sentirlo. Siempre tuve la sensación de que me ocultabas cosas importantes, pero pensaba que era porque te resultaban tan dolorosas y eran tan personales que no podías hablar de ellas. Creía que iban a dolerte de nuevo si tenías que contárselas a alguien. No se me ocurría ni pensar en penetrar en tu intimidad, pero era tan estúpida que deseaba que algún día confiaras en mí y me quisieras lo suficiente como para confesarlas.

De repente la máscara de indiferencia de Jenan comenzó a resquebrajarse y tembló de ansiedad.

–Ahora ya sé que solo estabas escondiendo tu verdadera identidad y tus intenciones. Nunca me dijiste nada verdadero. Y ahora también estás mintiendo.

Las lágrimas de ella lo conmovieron y no pudo resistir la desilusión y soledad que mostraba.

–Tienes razón. Estaba mintiendo. Pero ya no.

Aunque habría dado cualquier cosa para que no supieras toda la verdad sobre mí, te debo el contártelo todo.

–Estoy segura de que tienes una historia preparada para convencerme de que confíe en ti otra vez, o al menos para darme lástima y que comprenda tus motivos para hacer lo que hiciste, pero ya es demasiado tarde. Para todo.

Sus palabras fueron como un golpe mortal. No tenía ni idea de cómo seguía respirando.

–Ya comprendes por qué hice lo que hice. Quería recuperar lo que creía que era mi derecho, y siempre hago lo necesario para conseguir lo que quiero. En cuanto la historia que tengo que contarte, todo lo que crees que te estoy ocultando, te horrorizará.

Numair nunca se había planteado hablarle de su pasado, contarle cosas que ni siquiera sabían sus hermanos, pero ya no podía ocultarle nada. La verdad absoluta era necesaria antes de contarle que la amaba y que la vida no tenía sentido sin ella.

Sintiéndose como si estuviera acabando con su propia vida, le contó todo. Todo.

Y con cada palabra que decía, la expresión de asombro que inundaba la mirada de Jen se hacía más intensa.

–Así que ahora ya sabes que soy incluso peor de lo que imaginabas –dijo para terminar.

Jen estaba temblando y lo miraba horrorizada. Numair no pudo evitar pensar que después de todo lo que había oído estaba decidida a mantenerse alejada de él para siempre. Ella y el hijo que llevaba en el vientre.

Consciente de que ya no tenía nada más que perder, cerró los ojos y terminó su confesión:

–Hice todo lo que pude para sobrevivir, y cuando volví a ser libre, pensé que solo podía permanecer libre destruyendo y conquistando todo aquello que se interpusiera en mi camino. Vine aquí con la idea de acabar con cualquiera que interfiriera en mi plan para recuperar lo que consideraba mío. Pensaba conquistar a la hija del rey de Zafrana y utilizarla tal y como Hassan pretendía haberla utilizado. Nunca imaginé que las cosas no saldrían a mi manera. No se me ocurrió que podría empezar a sentir algo por ti, puesto que creía que no tenía sentimientos. Entonces, tú… Solo tú permanecías en mi universo, todo lo demás desapareció. Conseguiste derretir la coraza de acero que había construido a mi alrededor. Ahora soy incapaz de encontrar refugio en ella. Sin ti moriría desprotegido.

Numair abrió los ojos y vio que Jen estaba devastada.

–Tienes derecho a rechazarme. No porque te haya traicionado, puesto que no es cierto, sino por ser lo que soy. Tienes derecho a privarme de tu compañía, de tu amor. De nuestro hijo. Y deberías hacerlo por vuestro bien. Soy un monstruo. Y te lo demostré al hacerte daño, a ti, la única persona que me ha amado nunca, la única que yo amaré.

Jenan creía que había conocido el verdadero sufrimiento cuando pensó que no era más que un títere para Numair. Sin embargo, no era nada comparado con lo que sentía en esos momentos.

No le quedaba ninguna duda. Esa era la terrible verdad. La respuesta a todas sus preguntas.

Él había creído que Hassan había sido el responsable de la muerte de su padre, y de su esclavitud. Si alguien había tenido motivos para emplear subterfugios para conseguir sus fines era Numair, pero ya no era necesario. Eso era todo lo que él le había ocultado. Y ella ya no tenía dudas acerca de que lo que habían compartido no había sido un engaño.

Había sido real.

Y por impensable que fuera, él la amaba. Tanto como ella a él. O más, tal y como él le había dicho.

Jen comenzó a llorar y, al instante, Numair la abrazó y comenzó a besarle el rostro.

–No te hagas esto –susurró él–. No merezco la pena.

Ella se retorció para liberarse y él dejó caer los brazos con desesperación. Pensaba que continuaba rechazándolo.

Y ella lo abrazó con fuerza y lloró contra su torso.

–Lo mereces todo. El mundo no es suficiente para hacerte justicia.

–Pero pensaba…

–Estabas equivocado. Solo estaba dolida porque no conocía la verdad. Si me la hubieras contado… No, no tenía excusa para comportarme como lo hice. Yo soy la culpable, tú no, puesto que tenías derecho a guardar tu secreto. Lo que te ha sucedido en la vida es muy grave. Y viviré el resto de la vida sin asimilarlo, pero te quería, y te fallé en cuanto tuve que demostrártelo.

–¿Me querías? En pasado… –preguntó él asombrado.

–No. En todo momento. Incluso cuando pensé que no volvería a estar contigo supe que nunca dejaría de amarte. Te quise desde el primer momento, y te quiero hasta mi último aliento.

Una única lágrima escapó de los ojos de Numair. La miró jadeando, como si tuviera miedo de confiar, de sentirse aliviado.

Entonces, él estiró la mano y le acarició la mejilla.

–Quiero que comprendas una cosa. Después, puedes repetir tus palabras otra vez. No estaba exagerando. Después de toda una vida de bloqueo emocional, has diezmado todas mis barreras y me has llevado hasta el infierno en el que me gustaría vivir toda la vida. Te quiero locamente, ferozmente… Hasta mi último aliento.

Ella lo abrazó de nuevo y lo besó por todos sitios sin dejar de llorar.

–Sí, sí, por favor, quiéreme así. Es como te quiero yo. Aunque no te merezca.

Él la tomó en brazos y la besó en los labios.

–Si me quieres, no vuelvas a llorar por nada *ya hayati, ya galbi*. Eres mi vida y mi corazón. Cuando creí que te había perdido, pensé que mi vida había terminado, pero todo ha acabado bien. Nos hemos encontrado el uno al otro, haciendo que lo que hay entre nosotros sea algo único e imparable. Fue la desesperación que sentí tras tu desaparición lo que provocó que aflorara en mí el recuerdo que exoneraba a Hassan, y lo que permitió que mis demonios descansaran.

Jen lo besó de nuevo antes de contestar.

–Así que de veras crees que fue un accidente.

–Sí –sonrió él–. Después de estar a punto de machacar a Hassan, puede que incluso llegue a tolerarlo por el bien de Najeeb y sus hermanos. Gracias a ti he aprendido a comprometerme, y eso nos permitirá tener una familia extensa para nuestro bebé –la tomó en brazos y la llevó hacia el dormitorio.

Lo que sucedió después fue como una resurrección. La completa fusión entre los dos.

De pronto, llegó la noche, y él empezaba de nuevo a encaminarla hacia el éxtasis cuando ella lo detuvo un instante para decirle:

–Numair, sobre el bebé…

Él frunció el ceño y la miró.

–Dijiste que querías un heredero, pero tengo la sensación de que va a ser una niña. No me preguntes cómo lo sé…

Numair la besó para interrumpirla.

–Ojalá sea una niña. He pasado toda la vida entre hombres duros y ahora quiero pasar lo que me queda disfrutando de la compañía femenina.

–¿De veras?

–De veras. A partir de ahora no voy a contarte nada más que la verdad.

Ella puso una mueca.

–Ah… A veces la verdad no es agradable de oír. Como si me dices que mi nariz tiene el doble de tamaño desde que estoy embarazada.

–¿En tu región no creen que eso sucede cuando es un niño?

–Veo que has hecho los deberes –gimió ella, agarrándole el cabello para que le soltara el pezón antes de que la hiciera perder la cabeza una vez más. Necesitaba decirle algo más–. Sobre el trono de Zafrana…

Él la besó en la boca.

–Ya no deseo recuperar mi herencia. Lo único que me preocupa es el futuro que vamos a compartir con nuestros hijos.

–¡Hijos!

–Tantos como tú desees –le aseguró–. Este bebé es todo lo que necesito. Tú eres todo lo que necesito.

–Lo mismo digo. Y quiero todo lo que sea posible compartir contigo, y todos los hijos que quieras, pero vamos a ir despacio. Deja que me ocupe de este primero.

Él se rio y la abrazó.

–Nos ocuparemos de él, y de todo, juntos.

Numair inclinó la cabeza y empezó a juguetear sobre su piel, pero ella lo detuvo una vez más.

–Pero tienes que reclamar tu herencia. Serás lo

mejor que le suceda a Zafrana y a Saraya si consiguieras anexionarlas y te sentaras en su trono.

Mordisqueándole el labio inferior, él murmuró:

–Solo quiero reinar en tu corazón.

–Has estado en él desde el primer día –gimió ella.

Él se rio.

–Ahora me aseguraré de que no podré escapar nunca.

Ella gimió cuando él la penetró.

–Numair, por favor… –lo rodeó por las caderas con las piernas–. Prométeme que lo harás. Serás el mejor rey que haya tenido nunca nuestra región, igual que mi corazón.

–Lo reconsideraré… –contestó él, mirándola a los ojos–, si haces algo por mí.

Ella asintió y comenzó a contonear el cuerpo bajo el de él.

–Lo que quieras. Haría cualquier cosa por ti. Me pasaré el resto de la vida intentando borrar todo tu sufrimiento.

–Ya lo has hecho. Solo por ser tú, y por quererme. Ahora tienes que prometerme que me compensarás por el miedo y la desesperación que me hiciste sentir cuando desapareciste.

–Te daré todo lo que quieras.

–Quiero que me permitas ofrecerte, a ti y a tu familia, todos mis cuidados y protección, mi devoción y mi adoración.

Jen arqueó el cuerpo contra el de Numair,

mientras él recalcaba cada frase con un empujón, hasta que consiguió provocarle el orgasmo más intenso de su vida.

Mucho después de que él la acompañara hasta la profundidad del éxtasis, ella murmuró:

–Hecho.

UN GRAN EQUIPO

RACHEL BAILEY

Descubrir que era padre de una niña recién nacida cuya madre había muerto a los pocos días de darle la vida había puesto patas arriba el mundo de Liam Hawke. Había sido una suerte dar con una niñera como Jenna Peters, que se había ganado a la pequeña desde el primer momento. De hecho, él mismo había caído pronto prisionero de sus encantos.

Jenna se esforzaba por mantener las distancias, pero estaba enamorándose de Liam. Y cuando este descubriese que era una princesa, tendría que despedirse del sueño de la familia que habrían podido formar. ¡A menos que él le hiciese una proposición que no pudiese rechazar!

Dos bebés y un escandaloso secreto

¡YA EN TU PUNTO DE VENTA!

Acepte 2 de nuestras mejores novelas de amor GRATIS

¡Y reciba un regalo sorpresa!

Oferta especial de tiempo limitado

Rellene el cupón y envíelo a
Harlequin Reader Service®
3010 Walden Ave.
P.O. Box 1867
Buffalo, N.Y. 14240-1867

¡Sí! Por favor, envíenme 2 novelas de amor de Harlequin (1 Bianca® y 1 Deseo®) gratis, más el regalo sorpresa. Luego remítanme 4 novelas nuevas todos los meses, las cuales recibiré mucho antes de que aparezcan en librerías, y factúrenme al bajo precio de $3,24 cada una, más $0,25 por envío e impuesto de ventas, si corresponde*. Este es el precio total, y es un ahorro de casi el 20% sobre el precio de portada. !Una oferta excelente! Entiendo que el hecho de aceptar estos libros y el regalo no me obliga en forma alguna a la compra de libros adicionales. Y también que puedo devolver cualquier envío y cancelar en cualquier momento. Aún si decido no comprar ningún otro libro de Harlequin, los 2 libros gratis y el regalo sorpresa son míos para siempre.

416 LBN DU7N

Nombre y apellido	(Por favor, letra de molde)

Dirección	Apartamento No.

Ciudad	Estado	Zona postal

Esta oferta se limita a un pedido por hogar y no está disponible para los subscriptores actuales de Deseo® y Bianca®.
*Los términos y precios quedan sujetos a cambios sin aviso previo.
Impuestos de ventas aplican en N.Y.

SPN-03   ©2003 Harlequin Enterprises Limited

¿En la prosperidad y en la adversidad?

«Abandono». La palabra se le atragantaba a Isobel Blake. ¿Cómo se atrevía el marqués Constantin de Severino a acusarla de haberlo abandonado? Su boda había sido precipitada, pero la pérdida de su hija había destrozado a Isobel, que no había encontrado ningún apoyo en él.

Después de haber reconstruido su vida, Isobel tenía que intentar valerse de su nueva seguridad en sí misma para enfrentarse a su poderoso esposo y divorciarse como iguales. Pero, al volver a ver a Constantin, la tentación de llevar de nuevo la alianza matrimonial fue insuperable.

Isobel debía decidir, al tiempo que salían a la luz secretos largo tiempo ocultos, si Constantin seguía siendo suyo.

HARLEQUIN *Bianca*

Chantelle Shaw
prosperidad y en la adversidad

En la prosperidad
y en la adversidad

Chantelle Shaw

Deseo

UNIDA A TI

KATHIE DeNOSKY

Josh Gordon se metió por error
en la cama de Kiley Roberts sin
saber con quién se había acostado. Tres años después, sin ol-
vidar la explosiva noche que
habían pasado juntos, no tenía
intención de financiar la guar-
dería del Club de Ganaderos
de Texas que dirigía la atractiva
madre soltera que era Kiley.

La tentación de mezclar los negocios con el placer era innega-
ble, y cuando Josh vio la devoción que Kiley sentía por su
hija, solo pudo desear formar parte de esa familia. Y e[n]
tonces le surgieron dudas de quién era el verdadero p[a]
dre de la niña.

¿Los uniría o los separaría la verdad?